飞扬·青春校园记忆美文精选

日落桥

省登宇 主编

国际文化出版公司
·北京·

图书在版编目（CIP）数据

日落桥/省登宇主编 . —北京：国际文化出版公司，
2012.6（2024.5重印）
（飞扬·青春校园记忆美文精选）
ISBN 978-7-5125-0355-7

I. ①日… II. ①省… III. ①散文集－中国－当代
②短篇小说－小说集－中国－当代 IV. ① I217.1

中国版本图书馆 CIP 数据核字（2012）第 065404 号

飞扬·青春校园记忆美文精选·日落桥

主　　编	省登宇	
责任编辑	郑湫璐	
统筹监制	葛宏峰　李典泰	
策划编辑	何亚娟　周　贺	
美术编辑	刘洁羽　王振斌	
出版发行	国际文化出版公司	
经　　销	国文润华文化传媒（北京）有限责任公司	
印　　刷	三河市同力彩印有限公司	
开　　本	700毫米×1000毫米	16开
	9.25印张	120千字
版　　次	2012年6月第1版	
	2024年5月第2次印刷	
书　　号	ISBN 978-7-5125-0355-7	
定　　价	38.00元	

国际文化出版公司
北京市朝阳区东土城路乙9号　　邮编：100013
总编室：（010）64270995　　传真：（010）64270995
销售热线：（010）64271187
传真：（010）84271187-800
E-mail：icpc@95777.sina.net

CONTENTS 目录

第1章

日落桥

别人的心思是猜不得的，大多的事情都是一方的自作多情

跟踪  ◎文 / 方慧

　　杜康眼见那个女人脸上的等待渐渐枯萎成失望，在角落里低声冷笑了几声。

　　那个女人走几步就停一下，从她的白色皮包里掏出手机，低头看一眼，放进去。再走几步，再看一眼放进去，脸上全是死灰色。绿灯在快速地闪动，马上就要转为黄灯了，杜康略过她的身边快步跑到了马路对面，回头看着完全沉浸在自己的情绪里忘了身边一切的女人，心想：你这贱人，再不快走就要被车子轧死了！

　　唔，不过你死了倒也干净，世界上就少了一些麻烦事了。杜康转而又想。

　　剧烈的声响，震耳欲聋，杜康被惊醒，突然有一种不祥的预感，转头看去，这声响是一辆拐弯驶来的大货车发出的鸣笛声。杜康马上把目光转到女人身上，他看着女人在马路中央惊慌失措地一抖，然后逃到他这个方向来，站到马路牙子上惊魂未定地拍着胸脯。杜康注意到她的脸上涌起一阵阵的红晕，眼睛因为惊恐而睁大，瞪得很圆。这么一看倒有几分小姑娘惹人怜爱的样子。杜康想起，这女人也不过是个大三学生，只比自己大四五岁啊，的确可以算是小姑娘的。

　　但是，哪个正常的小姑娘会像她这样不要脸啊。不知道她的光荣事迹没关系，看看她的装扮就知道了。她

穿了一件深紫色的裙子，是那种很邪恶很肮脏的深紫色，就像烂掉的茄子；裙摆有点短，下面竟然裸露出一截大腿，因为白皙而格外晃眼。杜康知道她是故意露出来吸引男人目光的，杜康他妈向来看不惯女孩子这样，杜康自己也不是很看得惯。

杜康想到这里才发现女人已经不见了，他用眼睛四处搜寻，发现不远处有个狐狸一样的身影摇摆着杨柳一样的腰肢朝前走去——没错，就是那个女人。杜康对着她妖媚的背影唾了一口口水，随后跟上去。

天像被罩上了一个巨大的墨镜，暗了不少，杜康抬眼一看，已经是傍晚了。他心里涌起一阵欣喜：晚上要来了，他倒要看看这女人找不到她的男人后，夜里会做些什么。

就这样跟了好几条街，杜康一路只顾盯着女人的背影，那背影倒是挺像某个他注意过的女孩子……"呸，谁能像她啊！"杜康在心里喝住了自己。但是，是真有些像的，像谁呢？姑且抛开她的人品，好好猜猜吧。杜康继续跟着，努力回忆着，全然忘了自己是个什么样的状态。他忽而皱着眉头沉思，忽而喃喃自语，忽而眉眼冒出怒火，忽而又豁然开朗，双脚一直和女人保持几步之遥，这实在是很容易引起女人怀疑的。杜康在女人回头疑惑地看了他好多眼后才意识到这一点，连忙假装赶路，收敛一些。

杜康发现自己不甘心于这样的收敛，他有些期待女人的回眸了。刚才当女人回头用眼神询问他的时候，他感觉到一种异样的滋味。这是他活到十八岁所没有感觉过的。他发现女人的眼珠像是最大最黑亮的葡萄，一眼望去全是清澈，不由你呆住了，在心里千呼万唤：再回头一次吧，再回头一次吧。

"嘿！"一个声音传来。

前面的女人回过头来，停住脚步。

杜康这才发现那一声是他自己叫出来的，他被这突如其来的状况吓了一跳，低下了头。他的心底有一个角落悠悠地响起爸爸说过的话，"世界上有些美对你的吸引，你自己根本就无法控制"。

他由爸爸的话转而想起了他的妈妈。妈妈布满血丝的眼睛在昏暗的天光里悠悠地浮现，杜康开始忧伤起来。

人很奇怪，有时候当你想起一个人的时候，会在一刹那用这个人的眼睛去看世界。等他再抬起头的时候，女人丢给他一个"你这人真是莫名其妙"的眼神，蹬着平底凉鞋啪啪啪地走开了。深紫色的裙摆被风吹起，白皙的大腿又开始晃眼。他不禁想，如果让他妈看见了，一定会骂骂咧咧地指着女人的方向跟身旁的人说她是个婊子，她是个骚狐狸。杜康的妈妈总是一张刀子嘴，看见看不惯的人和事就会骂出来，多少年都改不掉的。

女人上了一辆公交车，杜康也上去了。公交车像一个被塞得满满的大蒸笼，空气呼哧一下变得燥热无比，他的鼻子里充斥着一大堆人的气息，包括汗水味、口水味、变馊的洗发水味、狐臭味。明明太阳已经快落下去了，余晖却忽然像回光返照一般使劲发热，透过车窗射进车内，夏天的可恨之处此刻才显现出来。女人一只手扶着旁边座位的靠垫，身体被挤得不停摇晃。杜康就站在她的身边，虽说也被挤得受不了，但是因为是个年轻力壮的小伙子，还是站得很稳的。原本杜康想离女人远一点的，这样才不会被她发现，悲剧的是车内人实在太多，只有门边仅有的一点缝隙可以站，而女人自然也站在这里。女人有好多次都撞到他身上来了，杜康转脸看过去，女人就对他笑，笑得眉眼都弯了。杜康木然地看着这笑容，觉得有点过于甜腻了。杜康这才发觉这女人不简单，和他预测的一样，果真是个妖精！竟然在这么拥挤的环境下也不忘卖弄风骚。

杜康很明显地往后退了好几步，一眼也不看女人。女人似乎是察觉到什么了，说了句"对不起"。很轻柔的声音。

杜康没有理睬，他在心里庆幸他自己的猜测是对的，这就是个坏女人。等他回过神来，他发现女人在极力地往一个方向钻，几秒之内就坐在了一个座位上。杜康抬头一看，是一个满脸谄笑的中年男人给她让座。女人连连道谢，中年男人就站在她身旁低头凑近她说不用谢不用谢。谁都能看见中年男人的目光注视的是她的哪里。杜康把脸转了回来，在心里冷笑，她还真有本事啊！

"这姑娘真好！"一个声音说。

"是啊，人美心善。"另一个声音说。

"是哦，美……"杜康下意识地在心里接腔，嘴角又露出鄙夷的弧度。几秒钟之后他反应过来，转头一看，这才看到令他惊讶的一幕。女人的座位上坐了一位老人，对着女人连连道谢。女人则微笑着，又站回到拥挤的、摇摆的人群里。

杜康心里有一种微微的、异样的感觉。

这时候他又瞥了一眼女人的紫裙子。他先前看到的紫色是令人嫌恶的紫色，就像烂掉的茄子的颜色，这回为何看起来这么的清凉、轻柔，像薄荷糖，像蓝天白云，像一切让人舒服的东西。

妈妈忧郁的目光又浮现了，妈妈披散的头发，眼里的红血丝，又悠悠地浮现了。杜康觉得胸前堵得慌，头胀痛不已。

"麻烦让一下。"很轻柔的声音。

是那个女人！杜康抬起头来，看见了那一张脸。依然是刚才的笑容。

杜康侧了侧身体，又开始在心里嘀咕，那明明是很礼貌、似乎还有点歉意的笑容，为什么刚才那么反感呢。

恍惚间，杜康心里对女人的抵触和憎恶全部都被抛开了。更确切地说，杜康忘了去抵触和憎恶。

杜康只顾着回想刚才完整地看到的那一张脸。他无法完整地想起五官，但是他是这么清晰地注意到她的五官摆设的位置简直是在坐标系里精心测量过的，那么的完美精准。他内心有些震撼了。他的脑子里开始像复读机一样不断回响他爸爸的话，"世界上有些美对你的吸引你自己也无法控制，这是很无奈的事情"。杜康惊异于这句话在这个时候又被他想起，是这么的贴切。

杜康又发现他忘了此次前来是为了跟踪那个女人，他一边立刻下车确保女人在他的视线内，一边在心里告诉自己这回不要走神了。

　　杜康猜测自己已经被女人注意到了，如果要不被发现地继续跟踪下去，是有点困难的。杜康于是停了步，等与女人保持在一个不被怀疑的距离再继续跟上。女人似乎又在低头看手机，杜康看不到她的脸，只能看到她的背影。那背影是纤瘦的，披肩发似乎很柔软，顺着肩膀的弧度弯弯地垂下来，腰肢很细。杜康想，这样好看的女人他为什么要去憎恶呢，为什么不可以去喜欢呢？

　　妈妈的眼神又显现，妈妈的……停住！杜康在心里大喝一声。

　　杜康的眼神开始慢慢地、不易察觉地黯淡下去，没有人知道他心里正在经历怎样的战争。

　　夜色渐浓，街上的灯陆续都亮了，杜康有些忧伤地看着不远处那个独行的背影，四处没什么人，背影格外落寞似的，平底凉鞋质地坚硬，在人行道上敲出孤单的独奏曲。杜康突然想起上个学期他在学校喜欢的那个女孩子，每天放学她都一个人在学校晃一圈再回去，杜康好多次打完篮球出校门都恰好碰见她。他也曾这样默默地、静静地，远远看她的背影，也是一样的落寞，马尾辫无聊地甩动，白球鞋踩得啪啪啪，在空旷的校园回荡。杜康好多次想和她说几句话，可是，说什么呢。我能问她为什么眼里总是忧伤吗，我能问她为什么放学不早点回去吗？

　　杜康想到这里，眼神深深地黯淡了下去。他一定到死也忘不了，上个学期的最后一个下午，就在他在校门口鼓足勇气打算问那个女生这两个问题时，他却没有等到那个女孩的身影。他在纠结中度过了一个寒假之后，第二个学期每天等待，外加四处留神，也再没有看见过她。

　　一个不知姓名，甚至不清楚相貌的人，就这样消失了，只留给他一个背影。也就是说，他的初恋只是一个背影。

　　杜康想到难过处眼睛有些湿润，视线开始模糊，街道开始摇摆，夜色开始稀释，路灯的队形被打散、扭曲。灯火阑珊处，杜康看见了他曾经夜夜思念的那个背影。

　　他的初恋啊！他活了十八年，从来没有体味过此刻这样的感觉，感触，感动，伤怀，一切一切揭示生活的奇妙的动词，都适合此时的他。

他不敢立刻奔过去，他害怕吓跑那个背影，他害怕他失去这次难得的机会好好看看令他想念了无数次的初恋。他只想默默地，再好好地看看那个背影。

哭泣，无止境的哭泣。杜康被自己的举动吓了一跳，没理由啊，我怎么会哭呢，他想。或许是因为他的世界瞬间崩塌了，他所有的冷漠，麻木，以及坚强，瞬间土崩瓦解。

不对，这哭声这么轻柔。不对！我没有哭。

杜康站起身来（他也记不起他是什么时候毫无知觉地蹲下的），这才发现哭声是从前面传来的。视线渐渐清晰，街道归轨，夜空回色，路灯规规矩矩地排列好。杜康这才发现他并没有看见他的初恋，他看到的是他跟踪了半个晚上的女人。杜康还发现，女人哭了。

夜晚的空气开始弥漫出一种淡淡的让人痴迷的咸味，夜色有些暧昧，让人看不清路向。行人越来越少，灯光变得澄澈，女人的肩膀在轻轻颤抖，嘤嘤哭声断断续续地传入杜康的耳朵里和心里。

你为什么哭呢，该哭的不是你啊。杜康想。

杜康默默地，回过头去，往相反的方向走了。他放弃了跟踪。

"你为什么哭呢？不过是情人没能来陪你，不过是赔了青春，不过是爱了不该爱的人。因为这些，你就哭了？这些都是你自作自受啊。该哭的不是我妈妈吗？"

"你多有本事，任何人见到你都会喜欢你的啊，你还缺什么呢，做什么不好要去害别人家庭。你那么傻做什么呢？"

杜康一路喃喃自语。

熟悉的铁门，熟悉的院子，熟悉的妈妈的脸。杜康于是知道他回到家了。

"怎么样？知道那个狐狸精住在哪了吗？"一张彻底老去了的妇人的脸闯入眼帘。杜康想起昨天晚上爸爸的手机被妈妈摔烂以后他就消失了，直到现在也没出现，谁也找不到他。深夜里杜康亲眼看见他的妈妈坐在院子里什么也不顾地放声大哭，头发散乱，眼里全是红血丝。

整个小区里的人都起床跑来安慰她和看热闹。这一切都是因为她破碎的婚姻。

杜康说不出任何话。

"妈妈问你话呢！"因为哭喊了太久而嘶哑的声音，这回再没有了昨夜在院子里的气势。几近哀求。

"我没找到，跟丢了。"

那张脸开始扭曲，皱纹瞬间拧在了一起，有些发黄了的眼珠子渐渐渗出浑浊的液体，嘶哑的声音又开始有了昨夜的气势："她是狐狸精啊！你爸爸就是因为她才和我离婚的！必须要找到她住的地方，我要把这个贱人的脸撕得稀巴烂！"

杜康看着眼前这个暴躁如雷的人，忽然有一些憎恨了。

他转身朝自己的房间走，白天那个女人的脸隐隐约约地在门上浮现。杜康关上了房门，周围立刻一片死寂。杜康的心里，也一片死寂。

作者简介
FEIYANG

　　方慧，女，1990年5月生，现居上海。10岁即在杂志开设个人童话专栏，中学时期在《中学生学习报》等报刊杂志发表小说散文数十篇。长期在《中国校园文学》、《意林》、《中外文摘》、《萌芽》、《文艺风象》等杂志发表文章。在第二届TN文学之新人选拔赛中晋级25强，（获第十一届新概念作文大赛二等奖，第十三届新概念作文大赛二等奖）

雨  ◎文 / 张烜怡

一

刘小季第一次看见司格的时候是对他心生厌恶的。

那时的天气大概只能用八月流火来形容。军训场地选在距树荫处不远的地方，教导主任和教官并排坐在树荫下交谈甚欢。

无风。一排的杨树已经蔫了，虽没有青色的树叶往下掉却也没有什么青色的希望。知了永远在夏天扮演令人厌恶的角色，不知疲倦的触动每一根狂躁的神经，聒噪而恼人。

司格带着深蓝色镜框的眼镜穿着大红色 T 恤被教官叫到所有新生的前面罚站，两只手像是被蚊子叮了一样时不时骚动，偶尔还对最后排晒得黝黑的男生凄惨一笑。

刘小季心想这男生怎么这么讨厌，然后就华丽地倒在了旁边女生的怀里，双眼漆黑还不停地冒金星，意识尚未完全模糊的时候听到某个高昂起劲的声音在大喊：教官，有人昏倒啦！

托了刘小季的福，第一天的军训提前一个小时结束。教官吹完解散的哨子后操着一口浓浓的东北口音对教导主任说，浙江还真是热啊，原来夏天真的可以晒死人。

刘小季是天生哑巴型的女生，有人问就答，从不会

主动开口讲话，朋友更是少的可怜。她整个下午都始终一个人在医务室的床上躺着，意识清醒却依旧除了金星以外看不见任何东西。内心是未经打磨的孤独和害怕在不断撞击，眼睛因为长时间强光照射而陷入掺杂金色光亮的无尽黑暗。她忽然害怕自己因此而变成一个瞎子，眼泪顺流到耳朵里，无助顿生的速度几近疯狂。即使她早就明白，孤单的人就一定要学会坚强。

听到断断续续的脚步声，或远或近。各种声音汇集撞入耳腔，有言语轻佻的男生同医务室的年轻女护士之间的谩骂打闹，有临床某个女生收到的各种安慰和关心，有其他男男女女因故意躲避军训而装病的得意交谈，直到一个脚步很笃定地停在刘小季的床前，用很温柔的语气说："你没事吧？"

双眼带动整个人都处于某种黑暗，刘小季并不确定那声问候的归属地就是自己，于是依旧紧闭双眼一声不吭。

"刘小季，你没事吧？"

直到那个声音再次响起，刘小季试图睁开眼一看究竟，可是眼前出现的依旧是黑色地盘的暗光世界，顿时满脑子的委屈激活了一直压抑着的泪腺，她干脆哇的一声大哭出来，整个医务室立刻消停了下来，年轻貌美的女护士被刘小季突如其来的泪水吓得干愣在一旁，不知所措。

二

是个声音甜美的女生。

刘小季的初步判断以及所有判断。

女生在刘小季眼睛复明前离开医务室，没留下姓名和班级，只留下一大串的安慰，以及，刘小季满心的温暖和感激。

军训的最后一天开始下雨，整个操场像灌了水的沙漠不断塌陷，混着淤泥的积水可以漫过脚踝。操场上散落着的几把雨伞缓慢地向宿舍方向移动，刘小季趴在窗沿向下望去，教学楼和宿舍楼之间要经过一个边长为 100 米的正方形操场，此时此景，也可以说成是一个边长为 100 米的正方形河塘。

教室里除了刘小季便再没有别人，在她无助到快要哭出来之前司格回了教室，浑身湿透。他抬头看了看刘小季，停顿几秒后收拾课本拿好篮球便径直走了出去。刘小季也很佩服自己，竟然顿时眼泪如泉涌。

那个以女神形象位居于刘小季内心的女生始终没有出现，擦干眼泪后还是要一个人下楼回宿舍睡觉的，又有谁能一直出现在自己身边只为帮自己一把呢？自己从来都不是公主又怎会有人想要保护？起码要习惯和适应自闭给自己带来的一切冷落和孤独，因为一直是一个人，所以更要坚强。

司格躲在杨树后看到刘小季一步一步趟过雨水回到宿舍，回到教室后发现桌子上的雨伞还在。

第二天大雨依旧。梅雨就是这样，像怨妇一般有说不完的哀怨。有时候某些事情一旦开始便很难再停下来，或者是，继续的断断续续。

司格看着刘小季埋头读书的样子忽然没了底气，计划着的事情在反复的琢磨后不仅没有当初那般坚定，反而更多了些犹豫。他倒吸了一口气，决定博弈一次，即使失败也不会败露得很明显。

"嗨，那个，你帮我保管一下吧，老师不会翻你的桌子。"司格说。

心跳加速了好几十迈，司格忐忑地期待下文。

刘小季将司格递给她的信件放在了一摞书的最底层，司格听见源自于本身的某种重金属"哐"的一声落了地。

好奇心是一种很有驱使力的东西。司格想。所以，她会看的。

第三天大雨依旧。日光昏暗。刘小季在清晨把信还给了司格，并且用一种漠然的语气对他说，"可以还给你了吧，放在我这里，我好心虚。"

司格始终想不明白刘小季在想什么，漫天所有的阴霾似乎都积聚到了他的脸上，眼皮自动下垂，嘴巴紧闭。算是输了吗？或许，刘小季真的没有看吧，也或许，是真的失败了。

刘小季，你不假装冷漠就会死吗？

三

第四天多云转晴。没有雨，连绵烦人的雨从清晨就尚未出现，就这样，暗示它不会再来了。大片大片的云聚集在一起挡住久远的光，缝隙处是一缕金黄，格外灿烂。

刘小季在一阵喧哗和起哄声中看到司格和隔壁班的女生手牵手出现在篮球场，笑靥如花。司格是主力，女生在场外奋力地挥手呐喊，声嘶力竭。

隔天刘小季便感冒了，或许她真的是只适应雨天而对晴天过敏。

"刘小季，你没事吧？"

沈一隔着玻璃对刘小季说。

刘小季在医务室打点滴的时候室友沈一来看她，最里面的病房不许他人进入，沈一伸着脑袋向里面张望，刘小季霎时间觉得这声问候与一个月前的声音完全重合。她抬头笑了笑，说没事。

心中有种强烈的欲望想要与这个叫沈一的女生亲近。像刘小季这样自闭的女生倘若真的交出心来，那一定是真诚的。可事实上这样的人最脆弱，被自己信任的人稍一背叛就是众叛亲离，毕竟自己真正信任的人就那一个。

沈一在一个风和日丽的下午向刘小季吐露心事，她看着篮球场上不停奔跑跳跃的司格，眼神里都是百般的柔情和期待。

"司格女朋友也不是那么漂亮啊。"刘小季试探说。

"就是啊，司格那么帅……"

……

两个人都沉默了，沈一的脸颊绯红，满脸都是少女的矜持和羞涩。刘小季心中一惊，原来是万般猜测中的果然。于是二人除了沉默还是沉默。

"小季……"

"嗯？"

"帮帮我……"

"……"

其实第四天是，多云转晴，晴转阴。

四

其实还是有私心的。

刘小季并没有答应沈一什么，两个人的谈话以沉默结束。在宋春隹转学后的一个星期沈一专门为刘小季买了肯德基表示感谢，刘小季只是浅浅地笑过，没放在心上。

宋春隹在声名狼藉后选择和司格分手，这也是唯一的选择。她转学去了她一直向往却遥远而陌生的城市，青岛。她曾无数次充满幻想地对司格说过，她想去看海，和司格一起。只是从来没有想到是以这种落荒而逃的形式来到青岛，只为躲避一段过去，一些往事，甚至只是一些莫须有的谣言。

谣言在学校里永远都是最有味道的调料品，永远是最禁得住咀嚼的牛筋，不灭不烂。三人成虎这一成语在刘小季的金钱下得到了充分的证实，她有大把大把的金钱可以挥霍，买通了学校最令人头痛的差生为她散布宋春隹的谣言，下流肮脏的词语像犀利的暗器银针插在冰冷的墙壁，印刷在 16 开的白纸上，每一张纸都是一张邪恶的脸。

刘小季想，沈一真的很勇敢。在遭受司格的拒绝后依旧会每天都如影相随。其实沈一不知道要怎么办，司格对她说的是我喜欢刘小季。沈一不知道要怎样回去和刘小季亲如姐妹，有时候女生之间的情感就是这样，所谓的友谊只有建立在革命的基础上才可以长久。于是沈一把时间都花在司格身上，这算顺理成章呢还是逃避呢？

　　每个人在面对不愿面对的事实的时候都会想要去逃避的，逃避永远是人类处事的一种本能。

　　司格在转学之前撕掉了宋春隹曾经写给他的情书。此时距离那个烈夏骄阳的军训已经一年之久，信件的字迹娟秀，整洁清晰。其实刘小季一直都没有发现，宋春隹和自己长了一双十分相似的眼睛，一样是齐齐的刘海和干净利落的马尾，以及稍稍的内向和从不多言。

　　大概是没办法与刘小季朝夕相处了吧，司格想。也许她真的就看了那封别人对自己的告白而无动于衷，也许真的就从来没有走进过她的心里。

　　别人的心思是猜不得的，大多的事情都是一方的自作多情。一个人在希望自己爱着的那个人也在爱着自己的时候无疑是坚信这种希望的。感情不就是你情我愿，谁都不愿看见现实的悲惨和自己的可怜。

　　很多的时候，一走了之是佳策。

五

　　其实很多事情刘小季并不知道，比如，司格以为她看了信后会阻止他，或者闷闷不乐，然后他会借此机会向她表明心迹。再比如，那天烈日下她昏倒在周围女生的怀里，女生见她眉眼与自己有几分相似便打听出姓名去看望她，女生是隔壁班的班花，名字不是沈一而是宋春隹。

　　其实她也没有在乎太多，自闭得久了就会对一切看的很淡，反正都是自己一个人，吝啬于言语，过程中的曲折和波澜只要过去就罢，没有太多的信任和依赖，坚持固守着一小块空间，大多的人和事都像看戏一样一笔带过，即使是不小心成了某个戏子，也不过是当做成长，学着坚强。

　　每一年的酷暑中都会有人昏倒在操场上没有树荫的空地，医务室依旧比教室还要人声鼎沸，教官的严厉永远赶不上太阳的恶毒，每个新生都在期待那样一场覆盖过军训的雨。年年依旧。

在司格走了之后，刘小季再也没有看过别人打篮球。

摇晃一年多的云雨，就这样弥漫又散去。

作者简介
FEIYANG

张烜怡，1993年生，河北省承德市第二中学学生。典型双鱼座幻想主义癫狂者，极端而反复无常，多重性格不确定是不是精神分裂，崇尚黑暗和孤单，偏执认为那就是真实和自由。（获第十三届新概念作文大赛二等奖）

日落桥  ◎文/宋南楠

一

这是 2009 年的冬至。今年，没有回家团聚。我看到手机屏幕上有几个未接电话都是家里打来的，感觉有点空虚。抬头环顾教室，发现纪律主任不见人影，教室里除了埋头苦干的学生就只剩在垃圾桶偷吃剩菜残羹的老鼠蟑螂。冬至到了，期末考也不远了。闫歌告诉我，大家头顶都是一轮明月，像月亮那么大那么黑的压力与负担。其实，冬至了，我想与你团圆，家人。

闫歌在一班，学校四个重点班里最出色的一个。而我却在普普通通的九班。班上的同学也很拼，大家都拼期末考，考试的成绩会决定第二学期重点班的名单。我已经一个星期没有睡过一场有梦的觉了，睡得很少，休息的时候欲睡欲醒的感觉似生似死，像是老人被梦魇折磨得哀怨，像是独自在长廊上彳亍。闫歌经常骂我，每天两杯咖啡，四五个小时睡觉，看我什么时候死。其实有没有人知道，学习很多时候像醉生梦死没有死，春暖花开没有花，班门弄斧没有斧？

周末，闫歌问我要不要去辅导班，我摇了摇头，表示我又要跟家里的小刀和木头过不去，他皱眉叹气："米

修，现在高二了，你再玩什么木刻木雕荒废时光，以后别后悔。"

我拿起桌面上的报纸，指着标题争辩道："考上名牌大学了吧？结果呢？这么多读书人才，火星都装不完，能有几个顺顺利利养家糊口飞黄腾达？"

闫歌没有再跟我浪费口水，背着他那个比蚂蚁头上的食物还重的书包走了，这只蚂蚁让我想起文徵明的"孔曰成仁孟曰取义"和孔乙己的"之乎者也"。

其实我跟闫歌是同一类人。我也曾经是才子之一，可是高一上来成绩一落万丈，无论怎么努力都没用。成绩平时好得百花齐放，到了考试就如水流逝。闫歌骂过我很多次，一班的笔记我也抄烂了，但是知识就像死鱼一样浮在水面进不去水里。我知道闫歌有他的梦想，他喜欢摄影。初中时，他告诉我，作为一名摄影家他会去很远的地方，见世界最边缘的人和事，然后把他们留在永恒的胶卷中。但是，高中以来，闫歌梦中已无花。我仍跟着七叔学木雕艺术。这在学校不能当做一特长。

理科重点班梦想破灭，对不起，闫歌。

2010 年 1 月 米修

七叔说我的新作品做得极差。这全都是没有下工夫的原因。期末考考砸了，两科没及格，重点班也没有希望了。我坐在宿舍后山抽烟，想起一句话："每当我在街上看着人们，感到悲伤，我就点上一支烟，转过身去，堵住嘴和眼泪。"

闫歌跑过来夺去我嘴里的烟，烟灰被振落在地上，烟，烟碎，烟末。"被老师抓住了，会记过的。"闫歌教训我，他知道我在难过。

"米修，你想旁人通过这动作来揣摩、了解、感受你的悲伤，我感受到了，你可以停止了吧？"

我抬头看着他，笑了。闫歌，你真的懂我的悲伤吗？我们的青涩被年华磨蚀得所剩无几，化成锯末在黑洞里旋转殆尽，我们的友谊呢？从小到大的友谊。闫歌，我那么努力难道真的为了该死的重点班，该死的高考？我是为了跟你同班。

You and me, hand in hand
To everywhere amazing
Be my friend, oh friend
We are forever friends
……

我还记得中考前一天，你弹着木吉他在草地上唱给我听的《Fung True Colors》，你说，米修，如果我们分开了，学校不同了，请记住，We are forever friends！

我用鞋底磨碎了地上熄灭的烟，抬头看着闫歌，我不知道此时我眼中是否有失败者的泪水。"闫歌，我真恨命运把我带来这间学校。我真恨我在你面前失败，懦弱。"其实不用等成绩出来，考试结束后我就知道自己会与重点班擦身而过，这是我第二次考不进重点班。"你以为我没有努力吗？我就因为努力过不行我才觉得悲哀。闫歌，初中的时候，为了雕木一起逃课那叫哥儿们，为了摄影东奔西走那叫哥儿们。你帮我补习那叫哥儿们，你对我一次次期望又失望那叫哥儿们，我的压力真的很大，这是哥儿们的责任，我懂。可是，我真的很累，这是我觉得自己最没用的一次。"

闫歌听了我的话愣在原地，我疲倦地独自走回宿舍。

但当我回到宿舍没多久，宿舍门就被打开，然后轻轻地关上。

"米修。你冷静下来听我说。"

"不，闫歌，我很冷静，你懂吗？因为你太好，因为我不配，所以我们很难当朋友，很难像以前那么好了。我不得不承认，人走茶凉，在不同环境不同高度，事物是不可能不变的。"

"这是我听过最华丽的谎言。"闫歌的额头和拳头浮出我从来没有见过的青筋，他挥了我一拳。然后走了。

二

那天后，我只能在抬头的时候看见闫歌。

一班在三楼，而我们班在一楼。以前下课他总会冲到我们班门前，把上一节课的笔记给我，还把几道经典题拿给我做。并且叮嘱道："米修，这题我明天给你答案，今日完成。"有时候我真觉得他比老师更像老师。现在，在课室外跟女同学调侃的我会时而抬头看看那个让我觉得荒凉的地方。闫歌出来看风景休息时，我会看见他。

七叔那里我还是经常去。最近交的作品比前些日子好多了，雕出来的龙不再像虫。但是母亲叫我放弃。她说："修修，先把这放放吧，剩下这一年多专心学习，考上好大学再玩。"

我还记得小的时候，邻居的男孩在玩遥控汽车、组装高达模型的时候，我就开始拿着小刀刻小人了。我拿着手工刀刮去微凸出的部分，没有理会妈妈。我经常保持沉默。我不太舍得扔掉我的梦想，因为我不想像七叔的儿子那样。他是跟我一起长大的哥哥，本来一手木刻技术很好，高中三年放弃了，考完大学后也没兴趣心情再学，到头来也就一场空了。

母亲有时候骂得紧，我会反驳一句："七叔也是凭手艺活着，大不了我学习不好以后就像他一样。行行出状元。"

这时，母亲都会哭起来，她用抽泣的声音说："你先看看七叔的手……"

学木刻人的手都会很厚，被木屑磨得起茧，我妈说那是第二层皮。七叔的手是特别厚，手指经常是弯曲的，手上刮痕不少，深深浅浅。

七叔上课的时候总是会说，米修，你记着人生就是一场漫长的日升日落，你需在日落处搭一座桥才能把梦想运过去。

七叔还有一个女儿，以前跟我同班，名字很好听，叫做姜小鲤。我每次去七叔家都是她替我护航。放学时她会把我的书包带回来，把作业本扔我面前，用广东腔说："米修，作业记得完成。"她嘴里吐出的米修像英文"MISS YOU"，竟然让我哑口无言。去年冬至，晚自修时她送了我一幅画，画里有一棵灰黑色的树，书上有七彩的果子，灰黑夜中白点斑斑，天幕下是一个戴着墨绿色方巾的短发男生。我笑着问姜小鲤他是谁。

小鲤说："自己想。"

有时候我问她，我们也不陌生了，怎么你总是让我叫你全名。我还逗过她："不如你就叫我修哥吧。"她摇了摇头，说人要有距离感才能好好相处。而第二个学期分班，姜小鲤也没进入重点班，但是已经没有和我同一个班了。

2010年的春天雨下得比任何一年都要缠绵。班主任找我父母的频率比任何一学期都要紧密。没有姜小鲤这个班干的掩护，我旷自习课的行为很快就被班主任发觉。家里面的所有木刻工具和作品都被父亲扔进了垃圾桶，那晚我出去了很久，把离家里不远的几个垃圾桶都找遍，却没有发现我的东西，心里十分地绝望。我不敢不回家，但是我不情愿。应该算是报复，我把几本数学的选修书都扔在地上，我第一次对这些如此地厌烦。

学校门口的公告栏多了很多喜报，都是市级大赛获奖名单。同学拉我去看，我没有去。名单不用看就知道是那几个人，奥数一等奖肯定有陈鸣，物理竞赛当然有曾东方等等，这跟杂交水稻是袁隆平种出来的一样人人皆知。理综一等奖就一定有闫歌。

初中的时候闫歌跟我讲，他不喜欢这种比赛，不是为了加分就是纯属荣誉。比赛前至少练兵一两个月，不得不去吞下一些陌生的知识。可此闫歌非三年前的闫歌，现在的他已经麻木了。奖是不拿白不拿的东西。

可是，学校广播没有他的名字。我奇怪地抬起头。学校每次开会我都会双手交叉作枕头，头枕在手上趴着听。

那个晚上我梦见闫歌了，是十三岁的我们，走在操场上谈足球、谈梦想，我们会转身看对面操场上用绿色粉笔画上的飞机，这是那群女生留下的痕迹，她们经常在男生不知道的操场的某个角落跳飞机。我跟闫歌说，不如咱哥儿们也试着跳飞机吧。

闫歌笑了笑跟我说好。

就这样我在扔石头跳飞机的梦境中醒过来，我用手机给闫歌打电话，他的电话关机了。后来我回到了学校，一班的班主任来问我知不知闫歌最近怎么了？我问他什么闫歌怎么了？

他的班主任告诉我自从竞赛的那天开始，闫歌就没有来学校，已经第三天了。他打电话给闫歌的父母，父母也在拼命地找。旷课？不回家？我在记忆里闫歌不是一个没有分寸的人。自从高二开始，他就没请过一节课的假。

三

那天放学我骑着自行车去找闫歌，去到很多我们以前走过的地方，我们喜欢的那片足球场，还有我们逃课经常去的小山坡，我再次躺在上面休息。我问自己，闫歌到底在哪里？

那一片天空，那一些地方都没有变化，我仍旧呼吸着那里的空气，可是我知道感觉不一样了，我们都变了。就好像那时来这里的自己只是一米七三，而现在的我，已经是一米八的成熟少年了。

我还去了以前经常带闫歌去的那条街，来到了那个花店门前，我以前就趴在那片落地玻璃面前，对着闫歌指里面的墙，那墙上有一幅画，画中是一个穿着浅黄色碎花裙的女孩，她美丽的裙摆被微风吹得飞扬。我告诉他，我以后一定要找到这个女孩，然后把我雕刻成功的作品送给她。这时，闫歌会拿起他的照相机，拍下这幅唯美的墙画。

已经天黑了，我骑着自行车来到了图书馆，我去第三行书柜，熟悉地把《仿行世界》拿了下来。这是闫歌最喜欢的摄影集。借管员看见我的借书卡朝我一笑。我又去了影像馆，找到了曹方和张悬的专辑，这是闫歌最喜欢的歌手，是《南国的孩子》，你最喜欢的歌啊，闫歌！现在的你是不是也一个人听着这首歌？

后来我回到家打开电脑。找到了放在 E 盘里面的图片，这些都是闫歌初中时候的作品。整套作品的名字是《及笄之年·初夏》，那时候的我们才十六岁。不管是在明媚还是忧伤的日子里，我们总是会长大的。到底如何才能在这些日出日落的日子里，找到一座桥直接冲往梦想？追逐梦想真的不容易，不容易的是没有勇气，就像害怕天是没有边的一样。我只怕那座桥上都是凋零的花朵儿。

从我第二天知道闫歌已经重新回到学校之后，我就已经知道。在我们追忆从前的时候，时间已经过去了。虽然有日出日落的每天，但是没有那座日落桥。

我去找闫歌，我问他到底去了哪里。他说他去北京参加全国冰心作文大赛了。他没有告诉父母和老师他去参赛了。我问他，你以前从来都是摄影，怎么去参加作文比赛了？

他说，没有，听说那可以为高考加二十分。我看了很多书，训练了写作，于是就试着去参赛了。没有告诉他们是想给他们一个惊喜呢！

　　高考加二十分！

　　我笑了笑，然后走开了。我相信，闫歌能比我更容易找到那座桥，因为他比我更能学会去面对现实，去找到制造那座桥最需要的材料，而我寻找的是这个世界上最完美无瑕疵的材料，于是一世不得造桥。

　　正当我不知道该放弃什么的时候，命运很准确、很深刻地告诉了我。七叔的手得了柏金逊症颤抖得不行，他除了能对我口头上指点之外，再也不能教我什么。姜小鲤则很生气地把她家的所有木刻工具都扔了，她说，不想爸爸再接触这些东西。

　　可是，姜小鲤没有在意，她扔的是一个人的喜爱，一个人的梦想，还有一个人的饭碗。她也不让我去打扰七叔，我也没有去了。有时候我会对着我的木刻刀和那块光滑如缎的木板想起七叔，想起他雕刻时的喜悦，想起他小心的刀工，更想起他的日落桥说法。除了想起他，我会想想自己以前的作品。

　　我已经有两个月没有用过刻刀了。

　　后来直到高考，我都没有动过那把被我放在角落的刀一次。不是我不喜爱了，因为我实在抽不出时间了。报志愿的时候他们问我要不要考艺术型学校，我笑了笑，然后摇头。我说还是考座好大学吧，选个比较热门的专业，找工作比较容易点。我慢慢地学会用最好的最快的方式去规划自己的人生。

　　我再也没有提过七叔了。

　　就好像我再也没有在任何人面前提过日落桥这个说法一般。

　　不知道最近闫歌怎么样了？自从上次询问他题目以后我们就一直没有再见面了。

你信不信，世界上真的有那么一座桥？

作者简介
FEIYANG

　　宋南楠，广州人。出生于1993年。天蝎座。双重人格的小狐狸，有时阳光有时忧郁，文字也随心情而变化，时而简单明了，时而写什么自己也不知道，最大的梦想是建一栋蓝楼实现狐狸的蓝楼梦，最爱的人是爷爷。狐狸爱写作，狐狸也爱观鸟、爱画画，在悠长悠长的人生里狐狸不会寂寞，只会每天幽默。（获第十一届新概念作文大赛二等奖，第十三届新概念作文大赛二等奖）

你在云之上，我在尘埃里　◎文/另维

你有没有遇过这样的人。

一个不需要特定时间、地点、环境，偶然看见像他的脸或背影，听见类似的名字，就会令你的呼吸倏然一滞的人。

周享亦，在你的生命里，会不会也存在着这样的人呢？

一

2005年初春是备战中考的关键阶段，我却因习惯不了新班主任而导致成绩直线下滑。妈妈急白了发鬓，寻签问卦咨询各类专家，最后不惜血本要把我转入以地狱式教学和高分率闻名的另维初级中学。

闺蜜程点初在给我的送别礼物里藏了一张纸条，收件人不是我。

那么周享亦，我可不可以相信，这一切都是上天为了某一场邂逅，而预先安排好的呢？

即将迟到的清晨，我狂奔到马路中间后才发觉，它竟没有可以用来短暂停步观察路况的粗白分割线。

正在疑惑的时候，汽车呼啸着迎面而来，伴随着强大的气流和刺耳的闸声，千钧一发之际，我的身体突然被拽出几米远，一个趔趄后站定，发现自己已然身在马路对面，同时看到了正忙于甩开我手腕的你。

你比我高很多，衣服里长外短，面容清秀却黑黢黢的，鸡冠式发型看起来很有喜感。总之，没有一点英雄、骑士王子之类的样子。

一开口就更糟糕了，痞里痞气，浪费了一把好声音：

"小朋友，有什么事想不开，让你停在路中间寻死的呀？"

我不由皱眉："我不是小朋友，我已经三年级了。"

"咦？我也是诶，可怎么好像没见过你……"

"我刚转来，"话毕，我岔开毫无意义的解释，问道："你知不知道一个也是三年级的，叫周享亦的人？"

你眨眨眼睛，满面莫名其妙："我就是啊。"

我诧异了好一会儿，才掏出日日携带的纸条："程点初给你的。"

> 公鸡头周享亦，这个是董岚晓，敢不照顾好她我就拔光你的宝贝鸡冠毛！
>
> 程点初

你小心翼翼展开我背得滚瓜烂熟的句子，露出好脾气的笑意："点姐 QQ 上跟我说 N 多次了，要转来一个她的死党叫董岚晓。"

然后你抬起头上下打量了我一番，撇撇嘴："就是你啊。"

"是我又怎样？"我瞪眼叉腰，牛气烘烘地展现对你态度的不满。

你却像没听见似的，自顾自捉起我的手腕，从斜跨式书包里摸出一支笔，也不问我怕痒与否就唰唰画出一串数字。

"有麻烦时就拨我电话，我马上解决。"你收笔微笑然后拍拍胸脯，表情很有"我的地盘我做主"之风范。

周享亦啊，心脏忽然变得暖暖外加脸颊突现烫感的我怎么好意思说，你装周杰伦其实比你的发型更具喜感呢。

打过照面后我忽然发觉，我们好像很容易遇到。

课间通往男厕所的走廊上，小卖部里外，甚至偶尔在校园里某个偏僻的角落，都能遇到。你像是和大多数中学生一样有自己的小圈子，无论何时都以"群"为单位行动，这样"永远都有事做"和"不方便打招呼"的状态下，你却每一次都能在适当的距离内看到我，并在四目相对的刹那冲着我微微点头或者弯嘴笑一下，然后若无其事地重新回到身边的谈天、打闹中去。

　　我们之间，就是这样说有也无、说无也有的看不见痕迹的浅交集。

　　可是周享亦，我甚至还来不及惆怅一下，你就又一次风风火火地杀进我的生活中来了。

　　你赔我的少女情怀。

二

　　事实上，相较于之前"即将迟到的清晨"，我们之间多少也是有点发展的。

　　在那个已经迟到的清晨，面对拦路追要姓名、班级的守门爷爷，我挤着眼泪一边抒发无尽的懊悔与决不再犯的决心，一边央求他放我一马。正要放弃预备写名字的时候，再一次被人抓住手腕拖离现场。

　　手臂相连，周享亦，你拉着我奔跑在初春雾霭未散的清晨里，衣摆飘飘发丝飞扬，我就要迷失在由你而来的扑面凉风里了，你却一个急停，顺势把我塞进了校门边又脏又小的角落。

　　泛滥网络的猥琐叔叔的故事乍现脑海，我连忙甩开你，一边质问一边瞪眼。

　　你不搭腔，只朝校门方向扬了扬下巴，微弯嘴角眼睛也亮晶晶的，表情好不得意。

　　我的耳朵里顿时只剩下心跳的声音。

　　"因为坚决抵制一切耽误学习的行为，这儿没有值日生，迟到早退都由刚才的老头记……他认不清人，被逮住下场又惨，所以正常人都会选择瞎写。"

你又再度指指校门,以一种"我是老手我怕谁"的表情骄傲地解释说:"只要没撞上牛逼的副校长就万事 OK。"

此时,神出鬼没的副校长果然正在看门爷爷面前,努力想要了解刚才在他眼皮下逃脱的两位同学。可是,老爷爷显然力不从心,几番交流,两人都很抓狂,却依然发扬着锲而不舍之精神,继续。

"鸡头小子,真有你的!"眼看着转危为安,我不由一掌拍上你的后背,以示赞赏。

"他们聊他们的,"你把手放进宽大上衣的口袋,转身冲我嘻嘻一笑:"走,请你吃早饭。"

在 2005 年那个寒流赖着不走的初春清晨,我坐在你对面,背景是简陋小面馆里被油烟熏成漆黑色的墙壁。豆腐面有点咸,你吃完后碗筷都被拣走了我却连三分之一都未搞定,于是,我吃你看,令人好不尴尬:这位同学你能不能不要看我啊。你"喊"了一声说谁看你啊,便掏出手机津津有味地打起游戏来。

周享亦,那一刻我真的很挫败,我堂堂大活人一个,居然还不如又绿又丑的贪吃蛇有趣。

我诅咒你。

我的诅咒很成功,很快,你的低电量报警铃大震。我正要偷笑,却见你不紧不慢从书包里摸出三块电池,一一试起来。

面对我的大跌眼镜,你摇摇手机和电池,笑得好不得意。

"这可是你的麻烦解决热线,为了保证它随时畅通,电池当然要带足。"

我就突然失掉了所有利嘴尖牙,手都不知放在哪里好。

你也终于试出满电的电池,又一次陶醉在了贪吃蛇里。

"要始终抬头挺胸镇定如常"、"名字不要编得太假"、"最后来个'谢谢再见您辛苦了'"……背好你传授了一路的不败经验,我一边赞美你一边兴奋地回到看门爷爷面前，正要索要记名簿时，只见他诡谲一笑，潇洒亮出手机："喂，副校长吗？跟您报告一下，您的预测太准确了，刚才的迟到又逃跑的两名学生已经出现，请问是要他们在这儿等您来还是让他们自己去您办公室找您？……哦，明白，好的，您放心……"

周享亦，当我缓过神来看你的时候，你还在石化中，直到副校长说道"都先回去上课，下午放学来我办公室接受教育"的严厉话音落定后才有所好转。在办公室门口，你隔包握了握手机，撇撇嘴露出自嘲的笑："还麻烦解决专线……"

你看着我，非常丧气，好像头顶向来笔直的鸡冠型头发都要跟着耷拉下来了："这种烂情况，带一书包电池也没用啊。"

周享亦啊，那一刻我多么想宽慰你。可思来想去还是觉得在办公室门口说"有用啊，你可以拿它们进去砸死他"太过冒险，只好挥挥手笑一笑："那么下午见。"

或许就是在这一天，我开始意识到一些事情的。

撞了这么个大霉运，前后同桌都在准备为我哀悼和哭丧了。被悲凉气氛萦绕了一整天，周享亦，我不忧伤就算了，要命的是竟还有点儿小期待。

训斥，认错，保证，然后是八百字检讨，我们走出校门的时候天都黑了。我很受伤，可当我看到身边难过得脑袋都快要缩进脖子里的你时，已到嘴边的怨念顿时蒸发殆尽。

"你有没有很饿？"我问到，感觉自己充满母性的光辉。

你看看我，像小孩子一样迷茫地点了点头。

"我请你吃晚饭吧，"我说，又忽然觉得有些奇怪，便连忙补了句"就当是还早饭的人情"，然后大迈步走到你前面。

是怎样的一顿饭？

对于之后的情节，可以用"如果没"和"就不会"连起来的……一顿饭。

周享亦，如果你看到这里，一定会很莫名其妙的吧。小餐馆里一碗再正常不过的廉价豆腐面，没有三聚氰胺，连出镜率一向很高的小虫子也没有，我甚至为了防止你先吃完给你点了超大碗。我们吃完饭，道别，然后我东行走向车站，你西行回家。

可是如果没有请你吃饭，到车站后我就不会愕然发现自己竟已身无分文，就不会无奈地拨打所谓的麻烦解决专线，也不会听到你那句让我多少年后都忘怀不了的"放心吧你，一会儿见"。

那么清澈，自然，有点不知天高地厚的十四五岁少年的声音。

那么简洁明了，掷地有声，让人在一瞬间就被温暖紧紧包裹的句子。

我在你一声突兀的"嘿"里惊吓不已地转身，你扶着单车露出又痞又得意的招牌性笑容。黑暗里，路灯的摆放像是经过了精准的测算，昏黄光芒斜斜打下来，把你的轮廓雕琢得很是好看。

我无所适从了好一会儿，才干巴巴地开口："那个，借我一块钱，不然没法坐车回家。"

你看着我的表情很诡异。

"你怎么不早说！我也没带钱啊！"沉寂半晌后，你跳脚惊叫了好一阵，然后耸了下肩膀叹了口气，看起来无奈又伤感，"没办法了……"

嘀咕着"真是麻烦"，你侧过身冲我拍了拍单车后座。

"上来吧。"

"哦。"

周享亦，那天之后每当我看到电影里小男生骑单车载小女生，两人的发丝、衣角、笑容、青春一起随风飞扬的粉红色酸俗情节，都会不自觉想起你，然后赶紧伸出手，捂住我很想笑的脸。

单车停在小区门前，我跳下来之后，你也跟着飞身下车，潇洒有型且行云流水的大动作牵动了你有些偏大的裤子，紧接着，有什么东西叮叮咚咚先于你着了地，在路灯下折出几束夺目的白光。

　　来不及看清那是什么，你已经迅速蹲下捡起然后凶狠指住它，跳脚大叫起来："你这个坏东西，要用你的时候你不在，现在出来瞎凑什么热闹，真是！"

　　埋怨还在继续，你指间的白光也在路灯的光影变换中渐渐露出了一元硬币的轮廓。

　　周享亦你要相信，一切都怪头顶那盏该死的路灯，照亮了不该出现的硬币不说，还妖化了夜的质感，让我深受少女漫画和偶像剧荼毒的心脏怦怦跳起来，让我鬼使神差地上前几步，踮起脚飞速啄了一下你的脸。

　　初春的夜还是那么凉凉的。

　　却怎么也凉不掉已然滚烫的面颊。

　　周享亦，一刹那光景，我选择了聪明而没有创意的撒腿就逃。

三

　　我们都是聪明人。

　　以至于后来短信逐日增多，闲聊调侃甚至有时玩笑性质的互相羞辱，我们都不约而同地不提那一晚的事。

　　我也越来越频繁地使用起"麻烦解决专线"，下雨缺伞、没吃早饭云云，什么芝麻绿豆的琐事都能被你不停追问，然后当成天大的事来对待，并很快解决。

　　却毕竟是在最敏感的年纪，独身一人突然寄居进了完全陌生的环境，心里的落差、失衡与寂寞是无法"解决"的。这种人之常情，你也许知道。

　　可是周享亦你不知道，那种时候只要拨你这个不知不觉就烂熟于心的电话号码，哪怕只是按出数字不接通，心也会迅速安定下来。

　　这是我直到后来，后来的后来，都死也改不掉的变态习惯。

春意初现，月假也如期而至了。我终于能回到熟悉的环境，迫不及待去网吧包间找程点初等一干狐朋狗友。

当我兴冲冲破门而入的时候，程点初正在讲电话，见我出现，竟毫不避讳在座的其他同学与电话那头的人，劈头就挤眉弄眼地调侃起来："岚晓，听说你和周享亦交往密切得很惊人诶……怎么样，已经发展到哪一步啦？"

心脏像被人揭了短般窘迫而心虚地狂跳起来，我慌忙摆出一副"你好无聊"的表情，白她一眼，无奈道："大小姐……不是你拜托他没事儿照顾下我的么？我对他没有什么呀，根本不熟的。"

她马上讪讪地挂了电话，转向电脑继续捣腾 QQ 空间去了。

我为自己的开场完胜暗自欢呼不已。

可是之后，我却连期待许久的集体上网也变得恹恹的了，心里总像是余波未平，却又捉摸不透。程点初不愧为我心有灵犀的好姐妹，不多久，她突然拍案而起，一面嚎叫着"你的一面之辞老娘不见证据不相信"，一面以迅雷不及掩耳之势冲来强占我的鼠标键盘。

我赶忙掩饰自己的表情，强装出笑脸。

"不然这样，我们同时 Q 他，他如果没有先回我就算我嫌疑洗清，怎么样？"我挑眉瞪眼地挑衅道，转念又觉得做作了，便连忙补上一句，"人家肯定先回你这个青梅竹马啦，我们赌 100 块，嗯？"

如果你懂读心术，如果你读到此刻我内心海潮般翻涌澎湃的"宁愿输掉一百块也要"的呐喊，你就会深刻理解口是心非的寓意了。

周享亦，天知道在我们同时发出了"你在哦"之后，我多么紧张，期待，甚至自私地想要你快速回复我，不理她。

……

一分钟，两分钟。

十五分钟。

仿佛过去了一个世纪，从小到大任何抽奖连最末奖都不曾得到过的我，赢得了人生第一份一百块。

最伤最疼，全世界唯一让人难过绝望得想哭的一百块。

同台电脑的同时发送，一秒不到程点初的Q便闪出了你的"在哈，你在干嘛？"，而我的"你在哦"仿佛投海的沉石，发出之后就此孤零零地躺进几近空白的聊天框里。

"真没劲……"像错过了什么好戏，程点初连连叹气惋惜不已，却马上又满意地勾上我的肩。

"不过，幸好你不喜欢他。他虽然不帅，女生缘却好得吓人，又花心，女朋友初中以来就没断过，刚刚还在说你去后不久就分手了呢，虽然我很期待……不过还是不希望你和这样的人有发展。"

"女生缘好得吓人？"我瞪大眼张大嘴，表示极不能理解，"啊哈哈，那些女生的眼睛长到哪里去啦？！"

"就是嘛！"程点初也跟着嘲笑起来。

四

二零零五年五月的夜，融融的春意渐渐化开了，我把棉被裹得紧紧的，任Q上的一幕与程点初的话在脑海疯狂重播，热出的汗浸湿了被子也不去管。

这样，就分不出上面是汗水还是眼泪了，就可以糊弄自己，并没有哭。

周享亦，连我自己也没想到，在我莫名其妙对程点初撒下弥天大谎之后睡不着的深夜，在独自一人不需要顾及可笑的面子的时候，我对你的想念竟能这么沉这么深。

连拨你的电话都紧张得不能自已。

半晌，你的声音从手心里传来，带着十四五岁少年特有的按捺不住又故扮清泠。

"有什么事吗？"

"呃……没事儿。"我一时语塞，连忙拼命搜索起轻快活泼的词汇，"就是突然想跟你道声谢，这段时间不是麻烦你不少嘛。"

"谢什么？点姐都亲自交代了，我也是受人之托忠人之事嘛。"

"……"心跳漏了一拍，周享亦，我承受不了这般轻快的言语。

而你竟自顾自地更加欢快起来："对了董岚晓，今天可喜可贺哦，我和冷战了好久的女朋友和好了，吼吼，羡慕吧？"

强压住心里汹涌而至的疼，我大笑三声："你小子不错嘛，又踩到狗屎运了。"

电话在连连笑声里挂断了，周享亦，我什么都不想了，不想回忆控制不住的回忆，不想再看手中和你有点关联的手机一眼。

我也想过很多事情的，比如当众冲着程点初大声嚎叫，我就是喜欢你，我们就是关系密切以后还要更密切；比如直接给你发视频强迫你回我话；比如掐着你的脖子问你，你会像我喜欢你一样喜欢我吗？会吗？会吗……

可是，十四五岁情窦初开的年月里，面对日益焦灼的不可控的内心，我选择了闷骚地不断告诫自己"人在初三中考第一"，然后牙一咬，删去所有的短信与通话记录，弃用电话，交给妈妈。

周享亦，我也不想这样，甚至不知道一切怎么会这样。

喜欢你，完全不知道怎么办，于是就稀里糊涂地错过了。

这么简单。

五

呐，我一直相信我的事迹足以入选《中学生心理教育》正面教材：没有手机后，我为了不想你，日日认真听讲挑灯夜读迎中考；我刻意提早上学时间，下课绝不出教室，全是为了不撞见你。

就这样春去夏来，等到七月的时候，我收到了省重点高中的录取通知书。

　　全新校园，十六岁初临，我连身形也兀的丰盈起来，朝九晚五的上课自习写作业，怀着邂逅美少年的浪漫小期待四处走动熟悉环境。周享亦，我在遮天蔽日的香樟下恍惚想起了你，正在感叹时光飞逝的时候，远远走来的一帮男生谈笑的声音飘入耳畔，我浑身一颤，蓦然抬头。

　　周享亦，用嘴巴里能塞鸡蛋，眼睛瞪得如铜铃般大此类句子都不足以形容我此刻完全扭曲的面部表情。十步之外，你在一群人的簇拥中缓缓前行，擦身而过的瞬间看到我，你似乎还微微点了下头。

　　我惊得几近窒息，不仅因为你换掉了鸡冠头，又长高了更好看了，还因为事先知道你不是成绩好到能来这里的人。

　　年级里飞速蔓延的传言解释了我的惊奇。

　　你不仅有一副好皮囊一帮好弟兄，还有有钱的父母为你砸开名校的大门，你成绩不好却受尽全年级的关注，你甚至不太进教室，每次到校都能引起轩然大波……总之，一段时间下来，你越来越像一个传奇。

　　课间，有女生开始打听你的电话号码。周享亦我知道这很变态，可是，一看见她们的样子，我就忍不住泛出一丝小骄傲。

　　并不知道你换号与否，但我依旧习惯盲打出号码，在难过或者激动的时候获得慰藉以及平静。

　　有一天却一不小心拨通了。

　　"喂？"你的声音传过来，带着懒洋洋的尾音和属于少年的清新鼻息。

　　我顿时语塞，好半天才发出声："呃……周享亦，你可能不记得了，我是董岚晓。"

　　"哦……"你顿了一下，"是你啊。"

　　"嗯……你还没换号啊。"

　　"嗯。"

　　……

那个数月前写在我手臂上的属于我的"麻烦解决专线"，你一直带在身上。

周享亦，纵使关于你和同班的白筱雅——那个进校时就艳惊全年级的女生在一起，你甚至为她放弃逃学日日在校的传闻已经满天飞了，只要一想到电话号码，我就会迅速平静甚至开心起来。

我也确实常在校园里看到你了。

体育课上，当运动白痴的我四处闲逛，路过篮球场时，你飞快跳跃着的身影映入眼帘，我不由自主就顿了一下。

你也在进球后的瞬间看到了我，来不及停步，你就冲我匆忙挥了下手，然后转身加速朝篮球跑去。

周享亦，你嘲笑我没出息吧，下午第一节课时的一秒对视，竟让我心情大好了几个钟头。

六

第三节课间，你真的来找我了。

完全无视以自己为中心的一众目光与纷纷议论，你在教室门口大喊我的名字，甚至不顾影响地一把捏住我的双肩，眉眼深拧，焦急与紧张溢于言表。

"下午你路过球场时，有没有看到我放在篮架旁的手机？"

"丢了吗？"我问。

你匆忙应了声，语气更加焦躁起来："丢了就算了，万一被哪个老师捡到就惨了……会害到我最重要的人的！"

"我没看到，对不起……"望着你迅速黯淡的眼睛，话音未落我便一阵心疼，于是连忙继续道："不过我会尽力帮你打听打听的。"

"拜托你了！谢谢！"你重重拍拍我的肩，转身马不停蹄地跑掉。

周享亦，人们常用"怕什么来什么"来慨叹或者自嘲，不知道你有没有这个习惯。

你的手机落到了年级主任手里，里面大量的你和白筱雅的亲密照和缠绵短信随之曝光，考虑到你们两人的知名度和影响力，校方决定杀一儆百，好好遏制一下万恶的高中生恋爱。

一时间，年级里腥风血雨，你一举成为学校里公认的"年度最倒霉男人"，人人都说，你和白筱雅至少有一个要走人。

你自愿成为待宰羔羊。

周享亦，看到你这么倒霉，我也不知道我后不后悔。因为往后的日子我用尽了各种手段，在每一次想起这件事时打断自己。

我再也没想过这件已成既定事实的事。

球场的对视挥手之后，我继续四处闲逛，快下课时我因为走神，和一个校园清洁工撞了个满怀，他神色慌张地扶起我，迅速捡起掉落的东西，连连道歉然后很快地走掉。

周享亦，他捡起的是 Beta 版的 iPhone，那种全世界都少有的机型，想当初你远在香港的妈妈寄来时，还让你在年级里轰动了好一阵子。

我立即按出你的号码，果不其然，不远处清洁工手里的手机疯狂震起来。他惊慌失措地四处张望，看到我正笑着冲他摇手机后，他扔下 iPhone 撒腿就跑。

第二节课回教室，我开始研究你难以操作的 iPhone，原本只好奇你电话薄里我是什么名字的，却在看到赫然显示在第一的"啊，老婆"之后，失控地翻起所有的东西来。

收件箱已发信息里布满了标着"啊，老婆"的短息，相册里更有好几百兆亲密照，白筱雅占领了这部手机的每一个角落。

我曾看过一本书，说手机是人的另一个心脏。

周享亦你看，你的心脏里满满当当的，全是白筱雅。

就在这个时候，你大喊起我的名字，我慌忙把手机塞进口袋，朝你走去。

你紧张兮兮的样子击溃了我开你玩笑的兴致，毕竟是远方母亲的礼物，我正要掏出还你的时候，你说了致命的话。

周享亦，我知道我没资格而且这样很贱很孬，可还是忽然无比强烈地恨起你来。

把拿出到一半的手机扔回口袋，在你说完"拜托你了"跑开的时候，死死捏住它。

我转身下楼去到年级主任办公室，趁他出门的空当，把 iPhone 和一张纸条放上办公桌：

"老师你好，我捡到了一年级周享亦同学的电话，上交给您。"

……

七

勒令转学的通告贴出之后，你就要正式离开了。

我天天惶惶惑惑的，一不小心转悠到了传闻中你一生气难过就会去的小阳台。

你正倚着栏杆抽烟，利落的眉头深锁，一地烟头散落在脚边。

看到我，你轻轻笑了一下，哑着嗓子说了句"好久不见"。

"嗯……"见逃跑无望，我一边小心翼翼朝你走去，一边寻找话题遏制尴尬："那个，你什么时候走？"

"手续办好就走，大概还要半个月吧。"你吐了个烟圈，敛目间看到我难过的表情，你笑着伸手弹了下我的额头："别替我难过啦，走人而已，又不是和筱雅分手。"

我正在思索如何接话的时候，年级主任一句惊天泣地的"谁在那！"破空而来，我吓得浑身一颤。

"肯定是路过这儿闻到烟味了。"你一边自信满满地分析，一边手脚并用把我推向另一条路："从这出去就是女厕所，你先进去躲着，一会儿没动静了再出来。"

"我躲起来你怎么办? 你会被逮的! "我奋力挣脱, 急出一头儿汗。

你做了个夸张的晕倒的动作, 笑得很无奈: "董岚晓你已经忘啦? 不是你是我的管家婆, 而是我是你的'麻烦解决专线'好不好? "

"……"

"快走吧。"

说话间, 你匆匆把抽到一半的烟塞到我手里, 向着年级主任小跑而去。

严厉的喝斥与你不停表示想早点进教室的声音断断续续传进厕所, 香烟还在我手中缓缓燃烧, "顽劣的学生"、"无可救药"、"没脸没皮"声声入耳, 周享亦, 想象着你此刻难堪的表情, 我终于哭了, 我蹲在厕所里哭着抽剩下的半截烟, 我确信那种让人窒息的呛我一辈子都忘不掉。

就像你一样。

周享亦, 就像这一天之后, 再没出现在学校里的你一样。

八

弹指便是 2008 年夏天, 我高考结束, 进入同学聚会最为密集的人生阶段。

高中, 小学, 原初中……我明明已对同学会全无感觉了, 却还是在接到另维初中的邀请后, 悉心打扮起来。

周享亦, 我花费三小时打造出最好看的穿着装束的后果是迟到半钟头, 我到场时你已早退离开。

拼酒的过程中, 有人问到你怎么没来, 你的狐朋狗友们顿时沸腾起来, 夹着酒气争相呼喊出"交往三年的女朋友在闹分手呢"、"重色轻友的王八羔子, 老同学全都不要了赶去哄她"之类的句子。

我也就跟着奚落你，咯咯笑。

几天后，你荒废许久的 QQ 空间更新了：

> 在遇见你以前，我从来不相信手机号码也可以是命定的缘分。前九位的雷同，后两位的倒序，让我们相识相爱了整整三年。
>
> 如果可以，我还想回到高中伊始，有人总是拨通我找你，拨通你找我的混乱日子。
>
> 以至于后来，看到我的手机号就想到你。
>
> 这是我们的缘。
>
> 这是我无论欠多少费丢多少手机碰见多少更好的号码都始终不动换号念头的原因。
>
> 可是现在，你走的这么义无反顾。
>
> 生活总要继续的吧。
>
> 所以 BXY，这是我最后一次说我爱你了。因为下一秒起，除却记忆，我将抛去所有和你有关的东西，做一个重生的周享亦。
>
> 再见了，最后，恭喜你金榜题名。

目光停滞在屏幕上，周享亦，我连意识都还来不及恢复，就已慌忙抓起了手机，一阵盲按。

"您拨打的电话号码是空号，请查证后再拨。"

"您拨打的电话号码是空号，请查证后再拨。"

"您拨打……"

我机械地不断按不断听，听到多年以来所有的愚蠢错觉都彻底幻灭。

九

周享亦，现在是 2010 年末，我早已习惯了遥远北方的大学生活，有一帮姊妹淘，有一个固定的疼我的男朋友，再也不需要靠拨你的号码获得幸福和欢心。

喧嚣街道上，有个少年刚刚与我擦肩而过，鸡冠头，高高的个子，笑起来神采飞扬又臭屁。撞到我，他抱歉地一笑，挠挠头有点羞赧地说对不起啊姐姐，带着十四五岁少年特有的清新尾音。

周享亦，我又一次想起你，不由自主拨出曾经烂熟于心的号码。

嘟嘟后，一个中年妇女用方言嚣张的"喂"了几声，见没回音，便骂了句"神经病"挂断了。

我忽然有点想哭了，我这是长途啊。

……

周享亦，呼吸停滞一下可以很快调整回来，一切也就是这样而已了。

就算是足以铭记一生的人和事，也终究只会在某个瞬间被想起，你说对不对？

作者简介
FEIYANG

另维，真名温暖，女，生于 1992 年 3 月 29 日，现居美国华盛顿西雅图，大一新生，写手，杂志编辑，兼职平模，腾讯 NBA 直播员。曾在《中国校园文学》《萌芽》《最女生》《花火》等刊物发表文章，已出版《美丽时光走丢了》。（获第十二届新概念作文大赛二等奖，第十三届新概念作文大赛二等奖）

第 2 章

涟漪时代

习惯于以任何一种情绪临时构造起一个小世界，在其
中自缚，纠结，乐此不疲

"校霸"刘强  ◎文/刘创

一

　　要给大家介绍的这个人物姓刘名强，从他的名字可以窥出取名者的一根筋和凶悍。大家不妨随我想象一下。大约在二十年前，一个平平常常的白天，可对于刘强的家庭来说，却是一个不平常的日子，因为这一天，刘强的母亲分娩了。在产科的大门外，刘强的父亲以及爷爷奶奶外公外婆们正在焦急地等待着，心急如焚，总觉得一分钟比一小时还要难熬。于是众人决定，先为即将出生的宝宝取个名字。按照惯例，再未见到孩子的真面目之前，大家都会将其作为男性来对待。于是四老一小在一起商量了起来。由于大家的知识构成、世界观、人生观不同，大家在取名上产生了分歧，而作为晚辈的刘强他爸，在这个时候往往是没有发言权的。于是四个老人争论不下，叽叽喳喳，打起了口水战。终于在某个时刻，刘强他爸再也无法忍受，大喝一声：行了！四个老人纷纷瞪着眼睛看刘强他爸，刘爸脸一板，说："就叫刘强！将来一定有出息！"四位老人想了想，"强"怎么看都不会弱，有气势，有劲儿，好，就"强"吧！于是按照反推法，我们可以猜测刘强的爸爸叫刘猛。

　　这时，随着一声婴儿的啼哭，刘强诞生了。

在全家上下的庇护下，刘强茁壮地成长着，时光如白马过隙，"嗖嗖嗖"地几年过去了，转眼间，刘强上了高中，和我同班同寝。

刘强果然很强啊，高大威猛，虎背熊腰，长得极为结实，身上全是肉疙瘩，都找不到一块肥的。粗眉毛，硬朗的脸庞，炯炯有神的眼睛，精神状态总是那么地好，充满着活力和激情，不禁让人想起动漫《火影忍者》中×××老师的名言：这就是青春啊！

没多久，在一起打人事件中，刘强就在全校出了名。

二

那是一天傍晚，我们寝室一帮人正在吃饭聊天。突然，刘强风风火火地冲了进来，对于他这种出场方式我们早已习以为常，只是小心地把自己的碗护住，免得殃及"鱼肉"。刘强重重地把他的碗往桌上一放，兴冲冲地要发表一番言论，由于太激动，还有点语无伦次。

"他妈的！那小子，被我一拳打在地上，爬不起来！垃圾，真是个垃圾，还吼得比鬼都大声！"他兴奋地说，犹如凯旋而归的将军在吹嘘沙场的血腥："他妈的，敢插队，敢插我的队，他妈的！"一兴奋起来就控制不住自己的嘴巴，总要说几句骂娘的话才过瘾是中国男性朋友的通病。他继续说道："我跟你们说，那小子，我让他让开他还不让，等到打饭的时候，我把他的碗推到一边，他居然还敢推回来，他妈的！对这种人还客气什么，我一把就把他推到队伍外面，碗差点没给他扔出去！"他擦了擦溅到嘴唇上的唾沫星子，继续唾沫横飞地说道："那小子，才到我鼻梁高，居然还能跟我横！被我推出去了，还敢找茬，你们知道他骂我什么吗？"

"骂你什么？"我配合地问道，满足他不吐不快的欲望。

他高兴地说道："他妈的，居然敢跟我说，你想找死啊？我说，有种你再说一遍，他竟真的敢说第二遍，你他妈找死啊！他妈的，跟他还废什么话，我立马给了他一拳头，谁知那么不禁打，倒在地上就起不来了。"他讲完了事情始末，我们也总算弄明白了。

猪大肠（我们寝室一哥们的外号）咽下口中的蔬菜，问道："不会出什么事吧？"

刘强说："能有什么事？我跟你们说，这种人就是欠揍，非得给他点颜色瞧瞧，让他吸取点教训，以后才不敢胡作非为！妈的，居然敢插队，我最恨的就是这种人了。"

刘强说完这句话的时候，我们都笑了，每当刘强对别人的什么行为不满时，就会说：我最恨的就是这种人了。

然而刘强这一拳，不仅打出了爽快，还打出了祸。没多久，这件事闹到了学校政教处，原来，插队的那个人竟被打得一根胸骨骨折！刘强和插队者的父母很快就被叫到了学校，商量怎么解决这件事。后来刘强告诉我们说，那天，他的爸爸来到学校后问刘强怎么回事，刘强一五一十地将事情的始末和盘托出，刘强他爸脸一正，热血澎湃地对刘强说："好！打得好，这种人，你不揍他，他永远骑在你头上！你放心，学校那边，有老爸在。"当我们听到这番话从刘强的口中说出来时，立即傻眼了，真是有其父必有其子啊！

后来刘强他爸赔了医药费，这事也就作罢了，学校并没有将事情公开处理，也没有给予刘强和插队者什么处分，估计是怕事情闹大对学校声誉影响不好吧。可在学生中，刘强一拳把人家胸骨打骨折的事情已传得沸沸扬扬，全校皆知。后来也不知哪个好事者给刘强起了个外号叫"校霸"，渐渐地叫的人多了，我们大家伙也就跟着叫了，这外号也就跟了他三年，直到高中毕业。

三

"校霸"刘强其实并不是真的校霸，他为人很温和，又爱帮助人，很善良，我们班个子最矮小的同学都能欺负他，他却不会欺负别人，你对他好，他就会对你更好。

没多久，我们迎来了校园十大歌手大赛，刘强歌喉不错，在我们的鼓动下，报名参加了。

那一次，校霸迎来了他的春天。

本来我们怂恿校霸报名，虽不是用心歹毒，却也绝对没想到他会杀进20强，进入决赛，当初只是随便闹着玩罢了，令我们意外的是，校霸却一路过关斩将，杀入了最后的总决赛。也就是说，校霸要在全校三千多人面前一展歌喉了！

知道这个消息后，我们寝室的兄弟们就常常在大家聚在一起的时候，故意对着校霸仰天哀叹"我们学校就真的没人才了吗？悲乎，悲乎！"引以为乐。其实表面上这么说，我们还是很希望校霸能在十大歌手中拿个名次的。

那一天下午，学校的舞台被布置得十分绚丽，四周用五颜六色的气球点缀着，舞台前摆放着两排开得正盛的黄色菊花，顶上是今晚即将聚焦歌手们的聚光灯。

校霸抽到第八个上场，运气不错。比赛七点半开始。前面上场的唱得都不错，但也不算太出彩，只有第四位女生较为出众，声音很清脆，唱功也不错，人气很足，估计前十名跑不了了。终于，八点十几分的时候，第七位唱完了，下面出场的，将是我们班、我们寝室的哥们校霸！

像前面一样，每次当自己班的选手出场时本班的人都会成为观众席上喊得最响的一片，我们班也不例外。校霸一出来，我们班的男女同学们就如同看到了神一般，扯开了嗓子喊啊叫啊。"刘强，加油，你是最棒的！""刘强，拿第一名！""刘强，天籁之音啊！""刘强，我爱你！爱你爱你爱死你！"我们班的先生小姐们纷纷不顾形象，只希望自己的声音能变大变大再变大，让校霸听到，让全场人听到。周围的人只是象征性地鼓鼓掌，并没有对我们夸张的行为有什么表示，这种场面，他们早就习惯了。

校霸站在舞台上，俊朗挺拔，他长得本来就又高又壮，又穿了一身正装出来，全然没有前面那些高高瘦瘦的竹竿小男生们那种单薄瘦弱、弱不禁风的感觉，这一出场，就让大家耳目一新。我跟周围的同学们说，看看，校霸就是校霸，真汉子呐！校霸缓步走上舞台中前方，拿起话筒，那低沉而有磁性以及富有穿透力的男中音通过话筒传了出来："各位评委、观众，大家晚上好。我是8号参赛选手刘强，下面由我为大家演唱一首《精忠报国》，请大家欣赏！"随后，背景音乐逐渐响起，校霸姿态端正地拿着话筒，目视观众席，由于灯光的照射以及我自己有近视，我看不清校霸的表情和眼神，但我想，唱这首歌时他的目光一定是刚毅而有力的吧！

校霸的歌声响起来了，没想到，他不但人长得刚毅，唱歌也是那么地充满阳刚之气。他的歌声雄厚有力地在观众席每一处地方响起，激昂、澎湃，有如大海的辽阔，又似沙场征战的战士，激起了我心中的男儿雄心。

校霸，你唱得真好！我在心中由衷地说道。

唱到一半时，一个女孩子捧了一束花"蹬蹬蹬"地跑上舞台，给校霸献了上去，当时的我沉浸在校霸那真正的男儿的歌声之中，并没有太在意。演唱结束后，校霸礼貌地鞠了个躬，下了舞台，全场顿时响起了热烈的掌声，特别是男生们，鼓得尤为卖力。这是继第四位女生之后人气最高的一次了，虽然校霸的唱功还不是很到位，有些高音唱不上去，但是，我想，他的那种男儿本色的气质一定打动了很多人吧！这又哪是前面那些唱情歌的小男生所能相比的呢。

校霸下场后，回到了我们班里，我们纷纷向他竖起了大拇指，说："刘强，唱得真好，真够MAN的！弄得我都想去当兵杀敌了！"刘强摸着后脑勺"嘿嘿"地傻笑，说："哪里，哪里。"然后便回到了我们这群哥们中来。

那天晚上，校霸果然进了"校园十大歌手"，拿了第四名，前面提到的那个女生，刚好在第三名。尽管没有进入前三甲，不过我们都觉得校霸已经很了不起了。

只是自从那次校园十大歌声大赛之后，校霸仿佛悄悄地发生了某些变化，粗枝大叶的他，有时候居然会像怨女似地坐在窗前，看着外面的树叶和天空，眼神没有焦点，过了老半天，叹一口悠长的气，唉。然后回过头来，继续看书。

终于，在一次我和他出去吃烧烤的时候，校霸忍不住对我吐露了他的心事。校霸拿起一杯啤酒，"咕咕"下肚后，打了个酒气冲天的嗝，对我说道："哥们，你还记不记得，当初校园十大歌手比赛的时候，有个女孩子，跑上去给我鲜花，你还记得吗？"

我回答道："哪有什么女孩子给你鲜花啊，臭美。"

校霸顿时急了，说："怎么没有！就在我快唱到高潮的时候，有个女孩子，瘦瘦的，大概到我下巴那么高，上去给我鲜花来着，怎么没有！"

我想了想，似乎还真有这么一回事，说："好像是有吧。你提这个干什么？校霸，我知道十大歌手是你的辉煌，可都过了这么久了，你还恋恋不忘啊。"我取笑校霸说道。

校霸说："不是什么歌手不歌手，主要就是，唉，给我鲜花的那个女生……"校霸抬起头，看着天空，又像在教室的时候一样叹了口气，说道："唉——恋恋不忘啊。"

我恍然大悟，我说校霸最近怎么不对劲，原来是校霸的春天来了啊。我笑着说："怪不得我瞧你最近老是唉声叹气的，原来是心不在身上啊。"

校霸点点头，看着我说："兄弟，这事你可得帮帮我啊。"

我问道："那个女生是谁啊，哪个年级哪个班的，知道吗？"

校霸摇头，说："我就记得她那天穿了件白色的衣裳，袖口边有蕾丝，披肩长发。当时我还在唱歌，难道你要我在舞台上问她是哪个班的叫什么名字不成？"

我说:"那可不好办啊。她长什么样啊,漂亮吧?"

校霸说:"舞台上灯光那么刺眼,我只模模糊糊地看清了她的模样,似乎挺好看的。主要就是当时吧,我闻到她头发的味道,真香啊,就一直忘不了她。"

我"啊"地叫了一声,说道:"你连她长啥样都没看清,就喜欢上人家啦?"

校霸点点头。我说:"你可真够厉害的!说不定是个恐龙呢!我看,你喜欢的是她头发的味道吧,干脆你去买洗发水回来,天天闻好了。"

校霸知道我在跟他开玩笑,说:"唉,哥们,这事,你可得帮我啊。"

我说:"你这可不好办啊,什么都不知道,只知道人家到你下巴那么高,有件袖口有蕾丝的白衣服。难道还让全校女生排着队给你一个个挑不成?"

校霸沉默不语,过了一会儿,我说:"看来只能告诉兄弟们,看看什么时候有缘能在学校看到一个袖口有蕾丝的女生了。"

校霸忙说:"别别,你可别告诉他们!这事可就只有你和我知道!"

我看了看校霸,心想,看来这没谈过恋爱的男生,喜欢别人的时候都这样害羞啊。然后点着头答应了校霸。只是,这么一来,要找到那蕾丝袖女生,就不知要等到何年何月了。

四

然而,很长一段时间里,我和校霸在学校并没有看到什么穿蕾丝袖口的女生。不过,心细的读者或许发现了我的用词,我是说,很长一段时间里。多长呢?大概三个星期左右吧。而校霸也仍像以前一样,时不时看着窗外,叹口气。

或许是校霸的深情感动了上天,后来事情终于出现了转机。

那是一天明媚的日子，当时，我和另一位男同学正走在从食堂回宿舍的路上，就在我不经意抬手的刹那，我看到了——蕾丝袖口。

　　前面一个穿着白衣服的女孩子，袖口有蕾丝！我打量了一下，她的身高，似乎和校霸所说的"到他下巴"差不多，于是我连忙催我身边的哥们说："快，你快跑回去叫校霸过来，就跟他说往食堂这边来，我找到献花女了！"

　　哥们愣住了，不明所以，我说："快去啊，你就照我说的跟校霸说，他明白的，快点！"哥们应了一声，往宿舍跑去。我跟在那个女生的后面，看样子，她应该也是刚吃完饭要回宿舍吧。

　　校霸，你可得快点啊，等人家进了宿舍门，你可就只能干相思了。我心想。

　　没过多久，当我跟着那女生走到大约一半路程的时候，远处出现了校霸奔来的身影。校霸正急急忙忙地往这边跑来，他个子高，腿长步子大，一会儿就到了离女孩不远的地方，我向校霸远远地招手，指了指前面的那个女孩，校霸顺着我的手指往她一看，脚步停了下来。

　　校霸似乎愣住了。我心想，至于么，不至于吧，那女孩就那么勾校霸的魂？

　　谁知随后更加出乎我意料的事情出现了，那女孩看到校霸正看着她，居然笑着跟校霸摆摆手说了声"hello"，天呐，难道校霸有这么大的魅力？

　　女孩走过去以后，我忙跑到校霸身边问道："唉，她跟你打招呼唉，还不快去问人家哪个班的！"

　　校霸哭丧着脸说："你知道她是谁吗？"

　　我问："谁啊？"

　　校霸说："她是隔壁班的杨乐乐啊，文艺委员啊！"

五

从此以后，校霸再也没有在教室看着窗外哀叹了，而是一到下课的时候有事没事就往杨乐乐那边跑。校霸的行动自然都被我们看在眼里，于是校霸追文艺委员杨乐乐的事在班里成了不能说的秘密。

其实，杨乐乐和校霸倒也挺配的，一个是校园十大歌手第四名，一个多才多艺，有共同话题；一个是体育委员，一个是文艺委员，一文一武；一个男，一个女，天造地设……

话虽如此，到底杨乐乐能不能被校霸成功采撷，还得看校霸的努力了，杨乐乐可是学校里的一枝花啊。

然而，却出现了意外。

事情，是这样的……

元旦放假的那一天，在校霸千般万般的请求下，我和他来到女生宿舍大门口不远处的榕树下，两人四只眼紧紧地盯着大门口，来回寻找，按照计划，只要一发现杨乐乐的身影，就立刻发出警报，然后由校霸同学三步并作两步走，以迅雷不及掩耳的速度上前去不由分说地将杨乐乐小姐的行李提到自己的手里，然后我的任务完成，校霸同学继续送杨乐乐小姐至公车站，并送她上车，附加含情脉脉。

我们左等右等，等了一批又一批女生出来，唯独不见杨乐乐的身影，就在我们几乎都怀疑是不是把她给漏掉了的时候，她终于出来了——"啊，来了！"我和校霸同时轻声惊呼了起来。我一拍校霸的背，说："兄弟，看你的了！"校霸激动地点点头，雄赳赳气昂昂地起身上前，刚跨出两步，只见一个帅小伙的身影突然出现在杨乐乐身前，笑吟吟地接过她的行李，杨乐乐看着身前的帅小伙，也笑了笑，然后两人成双成对地走了出去。

校霸踏出的脚步停在了半空，我叹了口气，上前拍着校霸的肩膀说：

"兄弟，算了，回去吧。"

校霸没有说话，用黯淡的眼神看了看我，良久，默默地转身过来，一言不发地跟我回了宿舍。

元旦放假回来后，校霸整个人仿佛蔫了一样，失去了生机，没有了活力，每天晚上关灯以后，常常能在黑暗中听到从校霸的蚊帐里传出来的"唉——"的叹息声。

而杨乐乐倒像没事一样，反而因为校霸不再去找她了而在课间去找了几次校霸，跟他说话聊天。每次校霸都是冷冷地看杨乐乐一眼，然后眼神就瞄向别处，一副不搭理的样子。

杨乐乐，你就放过校霸吧，别再伤害他了。

六

不久后的一天晚上，我正准备睡觉，手机振动了，我拿起来一看，是杨乐乐的短信。

"你知道刘强最近怎么了吗，好像心情总是那么低落，对人也爱理不理的。"

我心想，杨乐乐，校霸喜欢你是众人皆知的事情，你是真不知道还是假不知道呢。我回复道："你这个问题显得太多余了，难道你就真的不知道他为什么这样子？"

过了一会儿，她回复说："怎么显得多余了？刘强又不跟我说，我怎么会知道？"

我说："难道你不知道他喜欢你吗？"

短信发过去以后，过了好久，杨乐乐才回复了我两个字："知道。"

我回复她说："既然你知道，那你为什么有男朋友了，却不告诉他，弄得校霸因为你而寝食难安？"

杨乐乐回复说："天，我什么时候有男朋友了？！"

我心里顿时有些火了，杨乐乐居然还想瞒着我，我回复说："还说没有，元旦放假那天他来接你，我和校霸看得清清楚楚。"

杨乐乐回道："就因为这个，刘强才心情不好？天哪，那是我表哥啊！"

我愣住了，意外，太意外了，这什么跟什么啊！我顿时说不出话了，回了一条："这……我现在就跟校霸说去，解释清楚……"

我什么话也没说，把手机递进了校霸的蚊帐。只见手机屏幕的光一闪，校霸接过去躲进被窝里看短信去了。过了分把钟，寝室的好几个兄弟已经轻轻地发出鼾声的时候，突然从校霸的蚊帐里传出异常响亮的一声："我靠！"然后我的手机被校霸丢了过来。我心里乐呵呵地想，校霸啊校霸，今晚你总算可以休息休息，不用再叹气了吧。

第二天，校霸又恢复了往常的德行，一下课就笑呵呵地去找杨乐乐说话，反观杨乐乐，嘟着嘴也不正眼看校霸，嘿嘿，她正在生校霸的气呢！

看着他们你来我往，我猜啊，他们俩，有戏！

后来没过多久，我们就进行了期末考试，考完最后一科，我们就可以放寒假回家了。考完最后一科的那天下午，考试结束的铃声刚一响，校霸就急急忙忙交了卷，回宿舍拎了自己的包，给我留下一句："哥们，我送她回去，这次就委屈你一个人去搭车了！"我冲他的背影喊道："唉，这次不会再杀出个什么表哥吧！"校霸的声音远远地飘了过来："不会啦，我们约好了——"

第二个学期开学的那天，我一个人去报名缴费，刚进校门，就看见校霸正在排队的身影。我高兴地上前一拍他的肩膀："校霸！"

他一回头，看见是我，咧嘴笑着说："来啦，把钱给我，待会儿给你一起交。"

我刚要伸手进裤袋拿钱，一个熟悉的女声从校霸后面传来："hello，帅哥。"我一看，咦，是杨乐乐。

我向她问道："你跟校霸一起来的啊？"

杨乐乐没回答我，指了指校霸说："你问他咯。"

校霸看着我疑惑的眼神，凑到我耳边悄悄地说："现在，该叫嫂子啦。"

刘创，1991 年 3 月出生，现于杭州求学。驴友。（获第十三届新概念作文大赛一等奖）

涟漪时代  ◎文/方慧

一

年轻的李月觉得她胸前有两团炙热的火，把她的生活烧得体无完肤。

夏天近了，随着天气越来越热，衣服越穿越单薄，李月简直不忍心低头审视自己的身体。她总觉得周围的人都在看她，确切地说，是在看她的胸部，那个部位突然一天天膨胀，原本平坦的身躯上面如此突兀地出现了两团隆起的包。她一想到这里脸就发烫，巨大的耻辱感涌上来，她只能通过默默咬紧牙关来发泄。这一切都开始于一天夜晚，当她洗完澡站在浴室大声叫妈妈去帮她拿衣服，妈妈应声走近的时候目光在她的胸部停留了片刻后迅速移开。可是她注意到了那目光，妈妈转身离开后，她就那样光着身子站在那里愣了好久好久，一直在反复回味妈妈那个眼神。那个眼神里有诧异，有感慨，甚至有一丝丝诡异的笑意。她的脸迅速地红到耳根，热气一直烧到脚底，她久久地沉浸在这种氛围中无法抽身，从此活在了尴尬羞愧恼火自卑等一切让人不自在因素拼凑起的感觉之中，不得翻身，直到现在依然如此。

让李月感到烦恼的远不止此，她发现班上的男同学

杜康也开始频频回头看她。这让她最最感到不自在，在教室里的每一刻都让她如坐针毡。杜康是那种学习一般但是人很低调温和的男生，不像班里其他的大多数男生张扬轻浮。李月喜欢这种性格的男生，初一上学期，当她发现杜康是这种性格的时候她就喜欢偷偷看他。初中的男生发育迟缓，大都比女生矮，杜康也比李月矮一点点，座位在李月的前面两排。李月常常无意中看他的背影，看他安静地写字，安静地翻书。可是最近每次她抬头看他的时候他都碰巧也在回头看她，这让她万分难堪，脸又一次次红到耳根，烫到脚底。

她猛然想起上个学期的一个懒洋洋的下午，同桌王佳佳一再提出和她交换秘密，李月在先听她羞涩地说出了自己喜欢体育老师后，也大胆地告诉了她自己喜欢的人，可能是杜康。虽然她特意强调了"可能"两个字，意思是她自己也不清楚这种感觉是不是喜欢，也许只是有好感而已，可是王佳佳还是异常兴奋地自言自语，"原来李月喜欢的人是杜康！原来李月喜欢的人是杜康！"

此刻李月突然想到那个瞬间，她也突然觉得最近周围的人看她的原因有可能不是因为她身体的发育，而是因为知道了她的秘密！李月怀疑是王佳佳在班上传播了她的秘密，传到了杜康的耳朵。她侧过脸看身旁的王佳佳，王佳佳正在聚精会神地写数学题，好像很认真，可是李月觉得那是装的，李月猜测此刻的王佳佳一定虚心极了，不然怎么做题目做着做着笔会掉到地上。李月的脸迅速被怒气涨红，她觉得她的眼睛里快要喷出火来。

李月迅速发现她的生活真的彻彻底底地陷入了不自在的氛围当中，她发现每天回家以后妈妈的目光像上了瘾一样频频停留在她的胸前，像是在细细观察一个怪兽，或者异类。这让李月吃饭的速度越来越快，发展到后来她吃饭只是匆匆扒几口就关上房门躲进自己的房间。可是这样还是不能得以自由，进屋之后妈妈还是会在深夜开门进来给她端一杯牛奶，然后要求为她整理书包。虽然这是从她读书开始妈妈每天晚上都会为她做的事，但是最近从她读初一以来，她愈发觉得她陷入了这个习惯的陷阱之中，她开始讨厌这个习惯，她觉得妈妈进来就是为了监视她，为她整理书包是为了看她有没有早恋。之前好多年来为她做这件事都是有阴谋的，就是为了让她习惯于此，然后现在才得以这么自然而然地监视她。

这个猜测终于得到了证实。那一天她在去老师办公室问老师题目的时候无意中发现桌角有几张作业纸，是上学期的一次英语作文练习，批改过也订正好了交上去的。李月发现其中有一张写了杜康的名字，她想这是早就作废了的作业，我拿走应该没关系，于是趁老师不注意就顺手拿走了，藏在书包里。她也不清楚为什么这样做，她只感到当时对那一张有杜康字迹的纸有巨大的占有欲，她只想拿回去细细地看那个男孩子的字。妈妈收拾书包的时候她心里咯噔一下，正准备抢回书包，妈妈动作麻利的手停住了，她知道妈妈发现了那一张作业纸。停顿了数秒，李月默默闭上眼睛等待妈妈的质问，在心里默念"完了完了完了，我不如死了算了"，可是数秒之后妈妈的手继续在书包内捣鼓，发出细细簌簌的声音，一切没有异常。妈妈离开后她翻书包找到那张作业纸，作业纸原本是在笔记本里，现在被妈妈放在了书包隔层里，她的脑子里开始出现妈妈的声音，是断断续续的对话："怎么月月的书包里有一张别人的作业纸啊？""这个名字一听就是个小子。""月月怎么变了？""她最近学坏了，就快成了个小妖精了。"这些声音越来越响，相互交杂，李月感觉自己快要疯了。

李月知道妈妈已经知道了她的秘密，她甚至憎恨妈妈现在这样淡漠的反应，这表示妈妈在忍耐，李月知道一句话"小不忍则乱大谋"，李月由此想到但凡忍耐背后必有更大的图谋，妈妈现在或许就是这么个情况。自从小学四年级那年和爸爸离婚后妈妈不是常常给她讲大道理吗，跟她说要心无旁骛地认真读书，将来出人头地，跟她讲不能跟那些不懂事的小孩一样乱玩瞎哄。李月知道妈妈口中的"乱玩瞎哄"就是早恋，用电视剧中看到的话来说，就是"乱搞男女关系"。可是今天妈妈为什么不和她讲这些道理，甚至问也不问一句，这其中难道没有蹊跷吗？妈妈到底在盘算什么？

从此只要妈妈看一眼李月，她就觉得那眼神会杀死人，那眼神让她想要大声尖叫，她一刻也受不了一个亲人用那样的眼神看她，虽然妈妈的眼神看起来跟往常似乎没有区别。只有李月知道，在妈妈的眼里她已经完完全全成为一个怪兽妖精了，妈妈的眼睛里有一个天大的阴谋，与她有关！

二

李月觉得她的生活已经被一股无形的力量逼入了无法继续的绝境。她像上生物解剖课的时候被她动作娴熟地撕开皮肤扯烂内脏的那只青蛙，妈妈冷冷打量着她不堪的内里，这样的生活让她就快要窒息而死。

在这种情况下，她脑子发热地写了一封信，一开始她没有想好要写给谁，她仅仅是有话想说，想要倾诉而已。她关紧门窗在台灯底下铺开一张大作文纸写道"我觉得生活变化了，跟小时候不一样了。我有很多的秘密，我不敢告诉别人。有一些人让我很不自在，我不知道该怎么办。"她也不知道"有一些人"指的是谁，或许是妈妈，或许是同桌王佳佳，或许是杜康。李月想到杜康就有点难过，他会懂自己现在的感受吗？李月想到这里，突然想到了这封信要写给谁，或许只有他才能懂吧。她迅速地继续往下写，一刻也不停。

"我知道我们现在的任务是好好学习，我也很努力。可是为什么大人就是不相信我了，为什么妈妈总是用怀疑的眼光看我，我只是有一次不小心把一个男生的作业纸带回家了，她就把我当成了一个妖怪，总是打量我。

还有，她总是看我的身体，用一种好奇和惊讶的目光看我，我快要疯了，她是不是变态啊。

杜康，我把这些告诉你，请你别告诉别人好吗？我只是突然想找人说说话，就写了这封信，至于为什么把它交给你，大概是因为我感觉你人挺好的吧。"

李月写完信，小心翼翼地装进一个自制的信封里，一开始用的是一个粉红色的信封，上面还点缀了几个小爱心，后来李月躺在床上愈发觉得这个信封太过甜腻，有点恶心，用在这里有点不妥，于是起床换上了爸爸以前给她的暗黄色商务信封。她猜测着杜康看到信的时候，会是什么表情。李月兴奋地一夜没睡，天亮时才微微眯了一会儿然后匆匆上学。

这导致李月一整天都昏昏沉沉的。如何趁教室同学都出去买午饭的时候把信偷偷放在杜康的抽屉里，如何在上课的时候看到杜康惊讶地发现那封信然后偷偷摸摸地夹在教科书里读完，如何看到署名立刻反应到是李月，回过头来对她笑一眼。这些全部被打上了模糊的雾影。直到放学的时候赫然发现书包里多了一张作文纸，才全身一抖，瞬间醒了过来。李月等所有人都走了，躲进厕所开始看信。她能听见自己的心跳很不规律，她能感觉到自己的手在颤抖，她不知道这是不是"爱"的感觉。

"LY，很高兴看到你的信。你的文字让我感觉到你是一个细腻的人，我能理解你的感觉。我更高兴的是你选择把你的心里话告诉我而不是别人，我很愿意做你的知己。我想告诉你一句话，是以前在一本书上看到的，'世上本无事，何处惹尘埃'，我们现在的很多烦恼都可以归因为庸人自扰。我希望你可以每天都很开心，你笑起来是很可爱的哦！"

李月活了十三年，从来没体味过这样一种感觉，整个人轻飘飘的，看到每一朵云每一颗草都觉得如此可爱。她把杜康的信看了一遍又一遍，然后对折好，抚平，小心翼翼地塞进语文书的包书皮里，这样妈妈就不会发现它了，天衣无缝。李月不停地在心里回想心里的内容，试了几次居然能够一字不差地背下来。这样一种欢愉让她度过了一个无比轻松顺畅的夜晚，全然没有多余的心思去理会妈妈的目光以及家里不自在的氛围。

她兴奋地忘记了要回信，第二天早上很早就醒来，睁开眼睛的第一件事就是回信。握着笔犹豫了半天，只写了一句话，"DK，我也愿意成为你的知己。"

李月完全不知道等待她的是什么。

三

中午当李月终于等到所有同学都出去了的时候，从书包里摸出信想像上次一样偷偷塞进杜康的抽屉里。可是像在做梦一样，她居然找不到那封信了！

她把书包和抽屉里里外外翻了无数遍，依然没有找到那封信，李月再摸了一下语文书的包书皮内层，幸好杜康的信还在。李月在心里祈祷，她那封信万一被人发现了，希望不会有人知道信上的 DK 和 LY是谁。李月转念一想想，这个愿望也太可笑了，长了脑子的人一想就知道这是名字是首字母，一对比班上人的名字就会知道是他们了。李月想到这里，眼里有点湿了。

李月在忐忑不安中度过了一整天，她没有告诉任何人，也无暇去看周围人的反应，她沉浸在自己的担忧和惊恐中。李月总是如此，外界的一点点小事就能够在她的世界里震出涟漪，圈圈相扣，最终整个世界都是颠覆和摇摆的，年幼的心终日不得安稳。她已经习惯于以任何一种情绪临时构造起一个小世界，那是一个与外界隔绝的世界，她在其中自缚，纠结，却乐此不疲。

没有人提起那封信，李月只是发现杜康回头看她的眼神里有些疑惑和不解。可是几天之后李月发现身边的人看她的眼神越来越怪，特别是王佳佳，几乎不再主动和她说话了。有时候王佳佳和几个女生围在一起讨论什么，她一靠近，她们就不说话了。她在心里隐隐怀疑是同桌盗取了她那封信，并且拿给班里其他同学看。

李月恨王佳佳，她在心里默默发誓，此仇不报我不是人。放学的时候她开始在几个同路的女同学之中散播王佳佳喜欢体育老师这一秘密。她无意中加入了一些编造的细节，发现这让她快乐无比，好像嘴巴不受控制，在自己动，她无法停住自己的口。

"王佳佳每次上体育课都穿领子特别大的衣服，你们发现没？没发现？那是你们观察不仔细。她就是想让体育老师看到她前面那个沟！"

几个女生一片哄闹，眼睛里放光，好像看到了自己喜欢的明星一样兴奋。

"还有啊，她走到体育老师身边的时候还故意对他笑，笑得特别恶心，像狐狸精一样，想勾引他。"

"她还说真想体育老师摸她呢。有一次上课她解开自己衬衫的扣子摸自己的身体，跟我说就好象体育老师在摸她一样。"

李月说出这些的时候，突然有那么一刹那眼睛从身体上跳出来，悬在空中默默审视她，好像在看一个小魔鬼。李月感到这张正在动的嘴巴完完全全是鬼临时安在她脸上的嘴。她不自觉地越说声音越低，最后住了口。

走到路口的时候几个女生唧唧喳喳散开了，脸上带着残余的兴奋的红晕，这些足够她们去消化，然后组织成自己的语言明天去广而告之了。李月疾步走回家去，她瞬间感到自己身上的狠，她仿佛听到一个严肃的旁白声，"得罪这个女孩子的人都没有好下场！"

晚上妈妈进来给她端牛奶整理书包的时候，几次欲言又止。李月敏锐地察觉到什么，在心里默念，千万别和我说敏感话题，千万别和我说敏感话题。

妈妈终于开口了，正是李月最不想听到的话题。"你还小，现在主要任务是好好学习。"

"不要和男孩子走得太近，不好。"

"妈妈是过来人，很多事情看得很明白。妈妈只想告诉你，妈妈和爸爸离婚后日子过得很艰难，你要懂事。"

"不是妈妈故意偷看你的东西，妈妈是不小心看见的，你不要怪妈妈，也别放在心上。早点睡吧。"

真相大白。

李月突然觉得她像一个玩偶，任由这些狗屁事情摆布，情绪刚刚平定下来一点点，现在又被挑到不安定的巅峰。李月不在乎她是不是冤枉王佳佳了，她只在乎到自己此刻的感受。她是真的觉得她一刻也无法活下去了，李月现在只想去死，或者昏迷很久很久，醒来的时候身边都是一些不认识的人。

李月一句话也没有回答妈妈，在心里一遍又一遍地念，时间你过得快些吧，多一些日子覆盖住这些记忆，让我快点忘记吧。

四

第二天李月一走进教室就被班主任捉小鸡似的提进了办公室。瘦弱的李月被高大的四十岁女人提起来，两脚完全离地，像历史教科书上那个悬在绞刑架上的无助的尸体。

"你知不知道乱造谣是那种最坏的老婆子没事嚼舌根才会做的事？你跟班上的同学说王佳佳坏话，早上王佳佳的妈妈送王佳佳来上学，班上的人都在说王佳佳坏话，要多难听有多难听啊，她妈妈都气得哭了，直接把王佳佳领回家去了。"

班主任说到气处，两巴掌扇下来，李月的脸上立刻一阵火辣辣的疼，疼到钻心。

"班上的同学都说是你跟她们说的，说王佳佳上体育课勾引……呸！这些话你也能说得出口，你怎么能说得出口啊！"

"你知不知道，我早就觉得你不正常，你身边那几个女同学也说你一天到晚乱想，怀疑这个怀疑那个，从来没见到过你这样的小孩，你是不是脑子坏了啊？"

李月被罚站了整整一个上午，她在心里大声大声地呼喊，"你脑子坏了，你全家脑子都坏了。你们都算个屁，你们都算个屎！有一天我把你们每个人扇一百个巴掌！"

中午李月被老师放回去，她没有去买饭，而是收拾了东西，背书包往学校外面走。门卫在背后询问了一句什么，李月听不见，李月只是一直走一直走，路过足球场的时候，她用余光看见有一个身影渐渐走近。

是杜康！李月瞬间又忘记了先前的一切愤怒，仇恨，以及一切一切不好的东西。她转过脸，默默看着眼前的男孩，她默默看了一年的男孩。

"你怎么样？"男孩低着头，不敢正视她，轻轻地问。

"没怎么样，挺好的。"李月回答。

男孩抬起头观察她的脸，眼里瞬间全是惊讶，李月见了他的反应，用手摸了一下脸，这才发现自己的脸已经肿了。

"没事的，不疼。"李月说着，眼睛居然湿了，在心里委屈起来。

这个时候路过了一位老师，是隔壁班的班主任，只是偶尔见过几次面，那位老师不会认得他们的。只是朝这边瞥了一眼，脸上似乎有怀疑和鄙夷的神色，估计是怀疑这是一对早恋的孩子。

可是李月注意到眼前的杜康脸红了，甚至手不知道往哪里摆，在几秒钟之内手一会儿插在口袋里，一会儿背在身后，一会儿摆在胸前十指相扣。李月正要调侃他反应太大太过小家子气，男孩却不等她开口就迅速逃离了。李月看着他仓皇惊恐的背影，心里像有一片地方突然破了一个洞，噗哧一声，很多东西一起碎了。

这就是她默默喜欢了一年的人，也是她这一生第一次喜欢的人。

李月想，为什么我这么想吐，为什么，这一刻一想到杜康这个名字，我就想吐？

五

李月回到家，妈妈还没下班，她一个人在房间里胡思乱想了一个下午。她想，为什么生活会像现在这样，把她逼入绝境。她知道学校是无论如何也不能去的了，那里全是魔鬼，大魔鬼，小魔鬼，还有一个她曾经喜欢的男孩子，在一个刹那间让她恶心，懊恼，和后悔喜欢过他。李月不知道是不是真的像那个男孩子说的那样，一切都是她的庸人自扰，也不知道是不是班主任说的那样，她天生敏感多疑，有点神经质。李月不知道。李月不知道如何面对妈妈，不知道明天会是怎样。不知道明天还会不会来。李月统统不知道。李月愣了一个下午。

"月月，月月，月月……"有人唤道。

"月月，妈妈有事跟你说。"妈妈说着，目光竟又移到李月胸前。

妈妈盯着李月的胸部！

李月疯了。李月静静地坐在沙发上，心里清清楚楚地知道，自己已经疯了，被妈妈逼疯了，被不自在和尴尬的气氛逼疯了，在这一刻。

妈妈见李月没有说话，默默地把手伸进了她的黑挎包里。她神秘地，悄悄地，像变魔术一样，掏出了一件精致的胸罩。

"月月，妈妈告诉你，女孩子大了，都要……"

李月默默地站起身来，径直走了出去，走了几步又折回来，拿了一张纸一支笔，出走了。身后的人没有跟上来，没有人知道她此刻平静的外表下，是怎样的波涛汹涌。

身后，日复一日的生活，是一个巨大的湖泊。不断有人扔来石子，也有人恶意地抛来大石块，湖面不断漾开大大小小轻轻重重的涟漪，李月在这个湖泊里苦苦纠结了那么久，被涟漪困住，永世不得翻身。

"再不出去走走，还以为那就是世界。"李月想。

李月坐在一条小河边，靠在一棵畸形的树边，在纸上工工整整地写上两个字，"遗书。"

李月在河边想了好久好久要怎样写，才能不显得幼稚，才能使她的跳河自杀能让人更在意一些。

总不能让人以为她因为一件胸罩而自杀吧。那要怎么说呢，我要写出杜康吗，我要写妈妈总是看我前面吗，我要写出老师打了我吗？就没有震撼一点的事情可以写了吗？为什么只有这么一点破事，没理由啊。李月想着想着，就趴在河边一棵树旁睡着了。

在梦里她还在纠结，这封遗书到底要怎么写。

作者简介
FEIYANG

方慧，女，1990年5月生，现居上海。10岁即在杂志开设个人童话专栏，中学时期在《中学生学习报》等报刊杂志发表小说散文数十篇。长期在《中国校园文学》、《意林》、《中外文摘》、《萌芽》、《文艺风象》等杂志发表文章。在第二届TN文学之新人选拔赛中晋级25强，（获第十一届新概念作文大赛二等奖，第十三届新概念作文大赛二等奖）

我和大 P 的鸡零狗碎 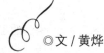 ◎文 / 黄烨

　　大 P 的真名当然不叫大 P，但是，当我无意中在一篇小说里看到个名字后，我就开始叫他大 P。

　　大 P，大 P，大 P，大 P。

　　大 P 曾经很认真地告诉过我，也许我可以给他换个绰号。但我觉得，跟大 P 比起来，也许"王哲人"这个真名听起来才更像绰号吧。

　　大 P 也曾经建议过我把他绰号里的字母换掉。

　　"换成 X 你说怎么样？大 X！"大 P 在某节数学课上目露凶光地跟我说。

　　我缓缓转过头，对着大 P 无限诗意地说："听起来不错，像个神秘组织——等待春天的泰戈尔。"

　　"放 P，你以为我不知道等待春天的是雪莱啊？"大 P 得意地说。

　　我于是又无比深情地重复着："等待春天的泰戈尔。"

　　大 P 那时无不得意，碰巧的是这时我们的数学老师厉声喝道："你算的出来的啊！"他说着，一颗硕大的唾沫星子飞向前排的张蔫蔫，矮小的张蔫蔫来不及躲闪，正中鱼雷。

　　阿门！张蔫蔫同学今天恐怕是吃不下饭了。

　　真主保佑可怜的张蔫蔫。

　　大 P 顿时脸色苍白，我咧开嘴露出一个十足阴险加

淫荡无敌的笑向大 P 说道："这个大 X 你算的出来啊，大 P。"

大 P 从此以后放弃了让我改口的念头。

而至今我无法不相信的是，我那时竟然拜了大 P 作师傅。

大 P 的官方说法是，他是新世纪的全才，能做他的徒弟是我八辈子积的德。

大 P 说完这话就 45 度仰望天花板上的电灯泡感叹道："科学真迷人！"

我那个时候立韩寒为偶像，决定将与高考的决斗进行到底，不断向各大报刊杂志投稿，但用古文说那个结果就是 "或退之以稿，或消之以匿。" 大 P 总是摇着头轻叹一口气，我以为他要安慰一下我受伤的心，但他却甩着手里新拿到的稿费，猥琐无比地看着我，并教导我说："你看你，这样不行啊，出来怎么给你师傅争光啊，你这样就是给你师傅丢脸啊！" 大 P 说着还不断在我眼前晃动他的稿费。

当我向我文艺青年的目标奋笔疾书的时候，大 P 那时候的稿费其实是靠 "上课泡妞" 一类的 "宝典" 换来的。

在我被退稿 53 次后，我终于决心封笔，隐居学校，封笔之前，我向大 P 扬言一定要写出一篇惊世骇俗的文章。奋斗几天后我将一叠草纸扔在大 P 面前，大 P 揉揉惺忪的睡眼，慢声读到：《与编辑书》……" 我期待着大 P 读出下文。不出所料，大 P "倏" 一下站了起来，目视我十秒，又朝我的草纸堆凝视良久。这下我异常紧张起来，大 P 于是向我说道："去吧，同志！革命的力量需要你！" 我双手接过我的稿子，与大 P 互敬了军礼郑重地把稿子放进投稿的信封里，寄给了曾经退过我的稿的 24 家杂志社。

那篇穷尽我 YY 才能批驳编辑的稿子 24 家杂志社无一例外都没采用。与此同时，大 P 的 "泡妞宝典" 被人投诉无用。我们俩于是双双隐退江湖。

　　大 P 曾经说过，我们俩作为全校唯一的男女同桌，一定会成为众绯闻之首，所谓"近水楼台"不是没有道理的。大 P 得出的结论是，我理所当然会成为他的好哥们儿。

　　"那你干吗不说我理所当然会成为你女朋友？"我说出这话就后悔了，前面的小梅君已经在小本子上记下了什么，忙不迭跑向老班办公室。

　　而大 P 带着狡邪的笑又陷入了深深的补眠之中。

　　在我们俩封笔后那段无聊的日子里，我们又开始互相调侃对方的名字。

　　大 P 说他的名字是他自己取的，至于理由，大 P 的说法是，他是康德转世，注定会成为一代伟人，不如趁早先给自己取个响亮的名字壮壮名气。所谓出名要趁早嘛！大 P 还不忘带一句，说我的名字不堪入目。

　　我反击道难道他的眼睛可以听我的名字。但说实话，自己的名字连自己都不喜欢确实不是什么好事。

　　"阿 K。"大 P 带着耳机，椅子又像往常一样向教室最后的墙角退去。

　　"什么？"我问大 P。

　　"阿 K，以后就叫你阿 K 好了？"大 P 说完就闭上眼，仰面靠着墙壁听起歌来。

　　以大 P 绝对好的成绩却要求和我这个"特殊照顾生"一起坐这个硕大教室的角落不是没有理由的。老班让我坐这是懒得理我，而让大 P 坐我旁边则是对他的放心。但除了我，没有人知道大 P 坐这个位置的真正意图。没有人知道，这是这个班级，甚至这个学校，唯一可以肆无忌惮听歌而不被发现的角落。

　　老班当然并非完全放心我们俩，大 P 在这点上是很有预见性的，所以小梅君这个眼线才会坐在我们前排。

　　大 P 通常情况下对小梅君爱理不理，而我一向是重点"特困生"，前段时间的投稿已经让我错过了无数可以好好补眠的语文课。

而在这一节语文课上，老师开始慢声细语讲课时我却异常想知道大P到底在听什么。

我学着大P的样子将椅子滑向教室最后，弓下身子问坐在地上的大P："大P，你到底在听什么歌啊？"

大P一言不发。

我用手肘用力推了推大P。

大P一把搂过我，把一只耳机塞进我的耳朵。

那一次，我心跳异常猛烈。不知为何，我只觉得千万雨点打落心头。

后来大P告诉我，那些音乐被叫做摇滚。

大P坚决不肯告诉我这些音乐的具体名字，他一脸严肃地看着我，然后说："阿K，你要知道，这些音乐在中世纪都是被禁止的啊！"

放屁，大P，你别以为我不知道摇滚是二战后才形成的。

从那以后，我就一直和大P上课听CD。大P不用mp3，这我倒是猜到的，大P这种追求质量的人肯定不会喜欢那种三次压缩包。

我听着大P的音乐经常睡着。大P说这是因为我不够严肃不够热爱生命与死亡。

我就咧着嘴朝大P傻笑。其实我没有告诉大P，每次听他的CD，我都会看见异常明亮宽阔的蓝天与黑红交错的次元。

有时听歌醒来会看见同样沉睡的大P，但大多情况下是大P那张微笑的温暖的脸。

我于是擦擦口水，顺带摸摸大P的头发说："走，吃饭去。"

大P说男孩子和女孩子吃饭一定要男孩子请客，这才是基本礼貌。这话被无数人演绎过，大P说来却异常人模狗样，听起来像温柔的诅咒。大P每顿饭点的东西都不多，量少而精，这与我习惯性地一拍桌子大吼一声"老板娘，来两份耗油牛肉！"有本质性地的区别。大P总是哑着嘴说："啧啧，阿K，你这样不行，女孩子不要这么豪放嘛！"大P说着顺带展示他"健美"的身躯，我则全神贯注地吃我的耗油牛肉。

幸好大 P 的钱够多，虽然我一直都不知道大 P 到底能让我吃多少顿耗油牛肉。

但大 P 近来像是在省钱，每吨饭除了我的两份耗油牛肉，他开始只吃一种套餐，大 P 拨弄着看起来毫无生气的菜叶对我说："阿 K，看我对你多好，可怜可怜我吧。"

我拍拍大 P 的肩，以革命同志的口气说："共产主义事业由你打了先锋啊！非洲身在水深火热的同胞们的粮食问题今天要由你解决啦！"说完我不忘从自己碗中大义凛然地扒出一大口白饭慷慨地放入大 P 碗中，接着继续全神贯注地吃我的耗油牛肉。

大 P 在一段节食后消瘦不少。

我在某天听着大 P 的 CD 睡着后猛然落枕，醒来后大 P 不见踪影。开始我以为大 P 去了厕所，但 CD 机在唱完最后一个和弦的时候，大 P 仍没回来。

我开始焦虑不安。

大 P 在那段时间里开始频频消失，我们虽然仍在上英语课的时候一起调侃牛津教材上的学校都叫 "sunshine" 的荒唐，在数学课上打赌谁又会中鱼雷，语文课上比谁先睡着，但大 P 似乎走向了一个我所无法知道的世界。

终于在有一天我再一次听着 CD 落枕后，我忍不住骂道："大 P 你要是再这样……"

而我眼前站着的却是怒目圆视的老班。

大 P 一如往常地不见踪影。

老班理所当然地把我拖到办公室训话。老班指着 CD 机说："你说说看学校有没有规定不许带 mp3？"

我说："老师，那是 CD 机。"

"那有什么区别！"老班愤怒升级，很显然，她以为我在跟她顶嘴，但我估计，就凭她的脑子，要分清这两者确实很困难。我不爱强人所难。

"这个mp3……不，CD机，我没收了，以后再也别想我还给你。今天就放你一马。"老班说着把CD机扔向了垃圾桶。

我走过去，态度极其认真严肃地捡起CD机，说："老师，这是大P的。"

老班不由分说一把打落我手中的CD机，银色白亮的CD机瞬间支离破碎。

我耳边不知道为什么想起大P曾经放给我听过的一首歌，里面好像有一句"say what you say."

"你别大P大P的，人家王哲人同学将来是要去美国深造的。我当初让你跟他同桌就是错啊！我以为你能受他感化呢……无可救药啊！"老班说完这些话就丢下我一个人走了。

我那个时候竟然没有生气，我只是难过，一如既往笨嘴拙舌地难过。

CD机里的那张CD很好听，是我最喜欢的一张——这也许是我当时所能记起的唯一的话。

天不知道怎么就下雨了，雨很大，大P中午说过借我的伞，我理也没理就答应了，大P撑着我的小花伞屁颠屁颠地就走了，临走不忘答应晚上6点来接我。

我没有手表，可是天已经黑了，十月份天黑的时间不会早于六点。

我突然很想回家，尽管今天不是学校规定允许回家的日子。

我推着我的小自行车就出了校门，雨很大，像大P所谓的摇滚。我不知道为什么那天门卫不拦我，不知道自己干嘛一定要推着我的小自行车，也不知道自己是怎么回到家的。只记得到家时我妈一脸惊吓。我估计我当时的样子挺吓人的。我说，妈，你别叫，我就是想我的床了，学校的床不舒服。说完这话我就直奔我的床。

我大概睡了很久。也不知道期间有没有人帮我洗过澡换过衣服。我累得慌，好像那天被摔坏的不是CD机而是自己。

昏睡间手机响了几次，无力去接。后来我妈索性把它关了。

我记得自己还做了个梦，梦里我在自己家，像这样躺在床上，有一个人来说他是大 P 的好朋友，来转告我有些事。

他说大 P 去美国留学了，临时的，来不及通知我，打我手机我不接。他说大 P 对没来接我的事很抱歉，他以后一定会补偿我的。

那个人说着，我还梦见自己翻了个身，抱住了一个长得很像大 P 的玩偶。

那人说，大 P 以前给我听过的 CD 都放在一个地方，叫我醒了后去拿；大 P 还说他留了一个礼物给我，却不知道怎么弄丢了，想跟我说声抱歉。

我梦见自己回了一句，大 P，你还欠我耗油牛肉呢。

那人又说，大 P 嘱咐让我好好读书，其实我挺聪明的。

我又翻了个身，继续睡，心想，真是个好梦。

不知道睡了多久，我醒了，睁开眼，觉得太阳光极其刺眼。

我妈帮我准备好一切后，担忧万分地说要不要再休息几天。我说："妈，我没事，这都睡了几天了。"我妈知道就算她阻止我还是要走，况且我已经没事了。

在我临出门之前，我妈说："对了，你睡着的时候，有个人来过，说了一些关于什么'大 P'的事情。"

我走在学校里双脚还是不免有些软。前面两个女生不时尖声谈论着。

"诶，你听说学校前几天那个'斗琴'的事情没有？"一个女生说。

"是不是后来有人被电，送医院的那个？"另一个马上表现出她也知道的样子。

"就是啊，改装电吉他来害人，亏那帮人想的出哦！不过这下王哲人一转走学校又是一损失啊……唉唉……"

"你叹什么气啊，听说人家是名草有主，后来他不是唱了守《kiss from a rose》吗？听说那个就是唱给女朋友听的。而且后来改装吉他那帮人还抢了王哲人一个什么很重要的东西，听说也是给那个人的……"

"是啊是啊，王哲人也真是，干嘛一定要带在身上呢……"

我听着"王哲人"这个名字觉得异常熟悉，可是现在，我只想我的大P，他还欠我耗油牛肉呢。

我到教室里时，大P的课桌是空的，我对着大P的课桌笑笑说："大P，你又去撕书了啊。"

老班进来的时候，我突然觉得她变漂亮了，看来我又要去换眼镜了。

老班说："王哲人同学去国外深造了，我们班以后就少了一个优秀榜样，但我相信，我们班级还可以出更多的王哲人！……"

我突然很想听大P唱那首《kiss from a rose》。

后来有人找过我，他说曾经在我昏睡的几天中到过我家。

"当时你睡着了，不知道你听没听见我的话，但是话是一定要转告的。"

我笑笑："原来你真来过啊。"

他说："你记得就好，那话我不重复了啊。大P说给你的礼物被校外一帮人抢走了，大P的事就是我的事，你放心，我会帮你要回来的。"

我无比乖巧地点点头。

"对了，你叫阿K是吧？"那人突然问，"那首《kiss from a rose》是唱给你的。"

我想起大P带着耳机叫我名字的样子。

再后来，听说学校里有一个同学因为与外校人员打架而被开除。

我重新开始听英语课的时候，英语老师又在讲那个sunshine school。我突然好想大P，可我发现，自己除了大P以前的手机号码外，一无所知。

我伸伸脖子，望了一眼英语老师，弯下腰费力地从课桌垫脚的一叠书里抽出一本英语书来，摊开。

　　大 P 说过，我很聪明的。

　　对吧？

作者简介
FEIYANG

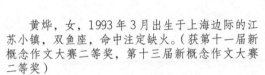

　　　黄烨，女，1993 年 3 月出生于上海边际的江苏小镇，双鱼座，命中注定缺火。（获第十一届新概念作文大赛二等奖，第十三届新概念作文大赛二等奖）

第 3 章

假若沧桑

终于理解那些不能用表情和言语表达的

铺天盖地的悲凉和心灰意冷

长路  ◎文/王天宁

　　麦里走到路的尽头，白色的月光落下来，路旁的建筑把光芒遮去大半。细碎的月光一点一点流泻，把他走过的路面，结结实实铺满。

　　月光溢到麦里肮脏的鞋面上，爬过他破洞的袖口，停在他黄黄的牙齿和眼睛里。黑暗中，他的眼睛一闪一闪，是类似动物的极其生涩的躲避人类的眼神，然而眼睛又极其明亮，像在黑暗中波光粼粼的湖。他掏出手袋里的一打零碎和成毛成块的硬币，捧在手心，就着明亮的月光，硬币把小块色斑反射到他脸上。

　　麦里咧开嘴角憨憨地笑起来。他想他的收获大约在所有小孩中是最多的，全哥会把碗里的肉夹给他吃，让他坐在枯黄的竹椅上——那竹椅同全哥屁股底下的一模一样。他在所有小孩复杂的目光里吃完饭，全哥拍拍手，所有人都安静下来，黑暗的屋子被呼出的气息充满着。他开始讲这一天的工作心得，讲他如何把更多更多的钱塞进自己的小袋子。众多的艳羡使他愉悦。

　　他在黑暗中指定能感受到白小的眼睛，那目光被嫉妒点燃，妄图在麦里身上也点着一把火。然而只是徒劳。白小的眼光会在他慷慨激昂的讲词中慢慢垂下去，火苗被水浇灭在黑暗里渐传渐远的"嘶嘶"声，他不用竖起耳朵也能听得一清二楚。

麦里用力推开被锈侵蚀得厉害的铁门，踏过庭院里堆得满满当当的落叶和鸟粪。纸糊的窗子透出光来，隐隐约约听到木头燃烧"噼里啪啦"的声音，压抑的呼吸声在身旁飘荡。

在战争年代，这里曾是难民营，无家可归的人像垃圾一样堆在这儿，灰头土脸地为争夺一块别人施舍的干粮大打出手。天长日久，腐臭的气息从每个人的毛孔里散发出来。

岁月流过，这一排房子经受了炮火的洗礼，进入新时代后重重叠叠的"拆"字几乎将墙体压垮，白色的油漆渗进墙壁缝隙里，未风干时新的一层又糊上来。然而它依旧站在这儿，窗户由木头改成玻璃，最后又换成纸的；大门在阳光和雨水的浸泡中，锈蚀得紧，叫人担心有一天它彻底打不开，或者打开后再关不上了。

这排房子像风烛残年的老妇人，用拐杖支撑自己不倒下。如今她脚边又多了一群小孩子。这些小孩子多是被这座城市遗弃，或是从遥远的地方赶来，他们在寒冷时为她点燃一捧火，咿咿呀呀地扫去她裙裾边的灰。

麦里极不情愿地成了后者。在父亲载着母亲的车发生意外后，他便只能和爷爷奶奶生活。他受够老人家呆板刻薄的管教，一心只想看外面的世界。他偷偷拿了老人的钱，搭上去城里的顺车，后来又为逃票钱，在火车的小厕所里躲了一路。他不知自己要去哪，那时他不识几个字——即使现在也不见得比从前多识几个。荧光闪亮的路牌看不懂，见到生人又怯怯的，低眉顺眼就是不敢瞧人家的眼睛。

而他一心只想逃。

他厌倦了阴暗败破的小屋子，厌倦了那一亩三分田。他家的田是村里地势最低的，雨稍大就酿成一片小湖，麦里蹲在田垄上，面部的倒影中会忽然浮出一只翻白肚的鱼儿。

然而麦里用村子里的商品价格和民心，错误估计了城市里的生活。他在城里小摊吃过几顿饭，手里的钱就所剩无几了。麦里见到了外面的世界，霓虹灯五光十色，连星星的光芒都能遮蔽；摩天大楼拔地而起，仰起脖子看久会感觉晕眩，似是拔节的树木，要拼命冲上天空；五色斑斓的音乐喷泉不能靠近，光是风就能把周身弄得湿漉漉的。

他把一切都看过，并且牢牢收进心里。他也奇怪，明知道自己不回去了，记这个干吗？讲给村里的伙伴听吗？

麦里的胃逐渐变得和手一样空空如也，他如同那些无处为家的人，裹了满身报纸，饥寒交迫地在桥洞里渡过一夜。第二天阳光投到他眼皮上，他虚弱地用手摸空乏的肚子，绝望得几乎晕过去。他越发不知如何是好了。

在这个时候，麦里遇到了全哥。

麦里走进屋子，正在侍弄火堆的全哥朝他看过来。紧接着，所有的孩子都停止咀嚼嘴里的饭，漆黑的目光投向他。

他不说话，厚厚的嘴唇向上翘着，露出亮晶晶、潮湿的门牙。这表情似是带点儿得意在里面，全哥这些年阅人无数，早就看出了门道。他心里"嘶嘶"叫着，像被火舌舔过一样，接过麦里臂上的袋子，把零碎"稀里哗啦"倒在手里。

孩子们的眼睛全凑过来，全哥撅着屁股在火堆旁把钱一点一点数开。麦里弯下腰，气息屏在喉咙间。他格外注意那些钱，生怕哪个孩子突然伸出手，偷偷把一毛两毛顺去。他麦里可不是好耍弄的！

"十块五毛。"全哥把钱抓在手里，偏过脸来看他，"比白小少五毛。"言罢长久地盯着他的脸，直到他的脸皱在一起，皱成小小的、扭曲的一团，才又去侍弄那堆火。

"不可能，您肯定弄错了，您再数一遍，全哥！"麦里叫起来，抓住全哥的手，拼命摇，另一只手在厚厚的沙地上摸索，想找出被遗漏的硬币。

全哥不想数了，也不给他摇，用力一抽，麦里就跌在火堆旁，火星差点把他衣服撩着。

"你，坐这儿。"全哥用火棍点了点他对面枯黄的老竹椅，脸儿朝向白小。白小拍净屁股上的土，毕恭毕敬地坐在上面，仿佛他天生就该坐在上面。

麦里往白小身上撇了一眼，不甘心，又把目光投过去。他想碰到白小的目光，让他知道是白小占了他麦里的位置。然而白小愣是不往他这边瞧。他抓过碗，靠在潮乎乎的墙壁上，筷子发了霉，每一口都狠着心想把木头咬断。

全哥拍拍手，所有人都安静下来。这次破天荒没把火堆弄灭。白小的声音很好，中气十足，往复在宽广的房间里，漆黑阴冷的边边角角也就此沾上人间烟火的气息了。

全哥的目光在四周威严地巡视，碰到它的小孩无不迅速低下头或把眼睛偏过去。忽然他发觉不对劲，没人仔细听白小讲话了，所有孩子的目光都具象成一个点，它们投向最外层、最黑暗、最逼仄的角落。

全哥紧跟着瞧过去，麦里坐在那儿，双手捂住脸，不停地抹眼泪。

麦里盯着窗外，乱七八糟堆满星星的夜空被窗框分割得支离破碎，远天红红的，星星没有家乡的亮。

离他不远，全哥震天响的鼾声又响起来。几个孩子捂住耳朵，身体在褥子上滚来滚去。"别瞎闹腾，把全哥吵醒怎么办？"白小的声音隔着几个人传到他耳朵里，四处立马陷入沉寂。

麦里就是想不通，明明已经很努力了，自己找的地方又热闹同行又少，挣来的是从前的好几倍，怎么能让白小抢了先？

他撑开破了一个洞、向外"簌簌"掉棉絮的被子，支起脑袋往白小那边望去。恰巧撞上白小的眼睛，水淋淋的目光在黑暗里亮晶晶的，却不见一丝怯生生的敏感。

麦里与他对视一下，又偏偏把眼侧过去，只感觉全身软得不行，就势趴到单薄的床褥上，睡着了。

麦里放弃了那个好地方，第二天偷偷跟在白小一群人后面。

白小他们不去繁华的地儿，麦里一路尾随，绕过无数街头巷尾，只感觉晕头转向。为不暴露，他得找灌木丛、灯柱一类遮住身体。若被白小他们发现，不知会怎样嘲笑自己。不，准确说来是只被白小嘲笑，其他孩子跟着起哄罢了。

麦里刚开始被全哥从桥洞里领来，就感觉到白小露在外面的敌意。只有麦里与他年龄相仿，且能干，来后便每日坐在竹椅上，给盘腿坐在地上的孩子传授经验。可他白小在这儿，分明是二当家的，除却全哥，数他权力最大。他便对手底下的小孩下令："把那小子孤立了！"麦里自此只能独个儿行动，在孩子堆里积累不起一点人气。

白小忽然止住步子，他周围的孩子便忽地都停下了。麦里把头从灯柱后探出去，仔细瞧，怕被发现，又小心着缩回来。

白小指着前面的一个女人对身旁的孩子耳语几句，然后从手袋里掏出几枝枯玫瑰，跑到女人面前，极响亮极亲密地说："阿姨，您看我这玫瑰花，买两束吧。"

麦里猜想大约是错觉，白小居然朝这边瞧，咧着嘴角呵呵地笑起来。

女人背着身，麦里听不清她说什么，只见白小不停使眼色。再往下的场景让麦里惊呆了，他只巴望自己尽早忘去：一个小孩靠近女人，用小刀划开她背在身后的皮包，两指一夹，褐色的女士钱包就滑进他手里。

几个小孩撒丫子往巷子深处跑。白小竟一点儿不急慌，调转双手把花藏在背后，对女人仍是平静，"既然您不买我就去找别人喽。"说完轻笑两下，眼白瞟着女人的脸。女人毫无知觉地从他身旁走过，白小又把眼光瞧过来。

"别藏了，我知道你瞧见了，出来吧。"白小对这边喊。

麦里跨出一步，低着头。想对白小说什么，却又不知如何说。他明白不是自己不努力，是白小实在太聪明了。

白小在马路当间儿踮着脚，饶有兴致地瞧着他的脸。麦里想说，把手握成拳头，张张嘴又几乎要闭上了。

"你们这是偷啊。"他还是说出来了，一抹一脑门子汗。

"偷？"白小重复，"你比我们好吗？你充其量是个要饭的。偷是技术活，顶多冒冒险。可你呢？你没尊严。"

麦里瞪大眼睛，他想起全哥第一次把手袋塞进他手里，告诉他这叫乞讨。但他忽然又觉得，他现在的生活，跟小时候那些敲响家门、衣着破烂、跟父母说尽好话、惹人同情的乞丐是一样的。而后父母会给那些人剩饭剩菜，他们接了千恩万谢才离去。

他和他们，的确是一样的。

麦里感到窘迫，把手中的空袋子团成一团，低头瞧一眼，不知该往哪儿搁。

麦里很长一段时间没坐上竹椅。

他坐在沙地上捧着被咬掉一块豁口的脏碗，不再企图用眼神狠狠瞪白小。相反，他的眼神更加平和温顺，在房子里游走时，撞上全哥被白小手袋中的零碎抚弯眼角的眼睛。那眼神叫全哥心里"咯噔"一下，他想起他老家的羊被杀前的眼睛，潮乎乎的像一汪凝结的大海。他断定麦里这小子心里有事。"怎么能有事儿呢，"他用手托着下巴细琢磨，"有事儿影响业务能力啊。"

白小用双手撑着椅面，身体前后摇晃。他是聪明人，知道自己带领一众小孩去偷万不能叫全哥清楚，万一出事，全哥要担责任的。当然当然，他白小也不是没责任，他用因为责任牵扯出的羞耻心，去赚更多钱。所有人都不知道，他留给自个儿的钱，比交给全哥的多多了。

他慷慨陈辞，说怎样向路人乞讨的瞎话连眼也不眨。他的目光巡视一圈，几乎所有孩子都跟他一条心，抱膝坐在沙地上，面颊挂满虔诚的表情。没有谁会在全哥面前拆穿他，也没人敢。麦里坐在阴影里，火光照不过去，他把眉眼垂着，不再来回打量自己。白小在心里头冷笑，喜悦信马由缰，被牵制一下，又疯狂地嘶叫着向远处奔去。

麦里在晚上睡不踏实，他开始频繁做一个梦。他梦见一簇簇绿的山尖儿，周围环绕着一圈雾，像是云层里伸下来一只巨大的手，把棉絮状的雾气均匀地涂在四周。荷花泡在池塘里，嫩嫩的藕在水面上露出一截儿。通往村里的路被雨水淋成深灰色，好闻的土腥气在身旁浮上来，直往鼻子里头钻。

他梦到他的爷爷在田垄前的空地上打太极，风撩起他花白干燥的头发和胡子。他梦见爷爷向他伸手，苍老黝黑的皮肤上，一根根蓝绿色的血管突兀地凸了起来。爷爷对他说："小里，快跟在爷爷后面练功。这功啊，一天不练就生疏得很哪……"爷爷的嘴巴藏在胡子后面，但声音却清晰地传过来，一个字一个字，敲进他的耳朵里。

麦里醒来抽抽鼻子，枕面湿乎乎的。他握紧拳头、拼命逃避，干巴巴的现实仍摆在他面前：他想家了。

麦里在白小演讲完后磨蹭到全哥身旁。"给您说个事儿。"他伏在全哥耳边说。

全哥不搭理他，伸出粗糙的双手，悬在火堆上面烤，嘴里"嘶嘶"地吸气。

"就是……就是……"麦里犹豫着，"我想家了，您看……能不能让我回家看看。"

全哥皱起眉眼，逼狭的两条粗眉毛凑在一块儿。他斜过眼来看麦里的脸，通红的大手在空中挥舞一下，"啪"的一声打在麦里的额头上。

"你跟着老子不愁吃不愁喝，回家有什么好？你回去就不回来了是吧？你打的什么主意老子不知道吗？"他一高声嚷，四处霎时安静下来，所有孩子都看向这边，唯有火焰燃烧木头"噼里啪啦"的声音，空气中载满了灰烬的味道，在夜色里越飘越远。

"不……不是的……"不知被拍痛还是什么，麦里的喉咙里带了哭腔，"我就是想家，想，想回去看看……我还回来，还回来的，跟您才有好日子过……我知道，我心里清楚着呢……我把我脖子上这块玉放您手里好么……这，这是祖传的，我保证回来取……"

麦里解下脖子上脏兮兮的红绳，就着火光，递到全哥手里。全哥低头时又不小心撞上麦里的目光，在黑暗里闪闪烁烁，如动物一般躲避怕生，叫人心虚得紧。全哥接过玉佩，油腻腻地握在手里，倏忽又露出一角，火焰在上面具象成温软碧绿的光。

他想的还是麦里的眼睛。他用火棍把木柴拢好，冲出的烟呛得他"咳咳"地咳嗽起来，麦里听到在咳嗽里冒出来的声音："这样吧，你每天交够我给你规定的数儿，剩下的钱归你，你自己想办法回去。"

麦里巴巴地往那火堆望了一眼，木柴被挑起时发出沉闷的声响，在他听来，跟压抑的叹息一模一样。

全哥整整衣领，走进珠宝行，手里紧紧攥着那枚玉佩。

他把玉佩递进鉴定处的小窗口里，对持着放大镜的老大爷笑："您给看看，这一小块玉，值多少钱？"

大爷细细盯着瞧了半天，把手中的放大镜转过来转过去，又搬来几本发黄的厚书，一页一页翻，对着看。他把镜子放下，打量了全哥一眼，嘴里头"滋滋"地砸巴起来。

"您……您……"全哥吃不准老人的意图，那毕竟不是自家的东西，心里头慌慌的。

"小伙子啊，你这可是清朝的正品。"老人的眼渐渐有光芒，指着玉佩上的条条款款给他讲。全哥听不懂，耳朵隐约抓住什么"乾隆"、什么"内廷如意馆"，一路哼哼哈哈地应下去。末了老人说："怎么样？开个价吧，我把老板叫来咱们商量商量？"

全哥方想顺着惯性应下去，麦里的目光忽然飘到紧跟前儿，在碧绿的玉佩上晃啊晃的。他心里头一紧，下意识把手伸下去，抓住那条脏兮兮的红绳子。

"这样，我再跟家里商量商量，毕竟是祖传的啊，您说是吧。"全哥恢复常态，一面说一面倒退着向外走。

老人招起手想留他，又似乎想起什么，把手缓缓垂下了。"慢点啊，小伙子，别把你那玉摔喽。"他朝木门外喊，然而早已不见全哥的影儿。

全哥心里是慌。他自己不得不承认，可搞不清究竟是为什么。是为麦里那小子的目光？不然又是因为什么？

全哥走到路当间儿口，前面热闹得紧，隐隐约约的掌声和欢呼传过来。全哥禁不住好奇，挪动步子凑过去。

人群里三层外三层地圈出一片空地，全哥踮着脚尖往里瞧，一个身形细瘦的小男孩在中央表演，瞅不清模样。全哥注意到近处立了一块破木板子，上面用红红的字写着："卖艺：硬气功，胸口碎石。"这几个字全哥还是认得，他还知道"石"前少了一—"大"字。油漆未干，流下一道一道长长的痕迹，一直延伸到路面上。

男孩打了一套拳，三拳两脚地比划起来，他就着人群欢呼的热闹劲儿，撂下身子躺在冰冷干燥的地面上，从身旁抓起一块砖头，端端正正摆在胸口正中央。

男孩取出一柄锤头，高高举起来，大声喊："哪位大叔大爷来给咱一下子，就一下就好，没事我练过的，您可劲儿砸。"

全哥冷不丁的感觉心被狠揪了一下。那把尖细的童声曾在他的竹椅上出现过。那个小男孩因为挨了自己一巴掌，是怕疼还是什么，圆圆的眼里渗出了泪，同动物敏感的眼神如出一辙。再往前，他从桥洞里发现他，男孩受冷受饿脸色惨白，他简直以为他活不下去了，然而他又到现在，他完好无损地一直到现在。他曾低眉顺眼地不敢瞧生人的眼，而此刻他能在当街口直直地喊："没事我练过的，您可劲儿砸。"

全哥这些年阅人无数，他手底下那帮孩子的每个眼神每个动作，他都捕捉得一清二楚。他曾经以为自己明白着呢，现在竟又开始糊涂，说不清道不明的糊涂。

他不思量麦里嘴里那句"没事我练过的"是真是假，在围观的人接过锤头前他就一个箭步上前，一把稳稳截住了即将砸过去的铁锤，麦里呆若木鸡地看着全哥悬在空中的手。虽是冬天，他仍一头一脸的汗。

冬季干冷的夜。

全哥招手让麦里和白小两个孩子过来，一边一个，立在他跟前儿。

"你们以为，有些事情我不知道是吧？我告诉你们，你们做的事，我一清二楚，心里头跟明镜似的。不然，我怎么当你们的全哥？"

两个孩子面面相觑。全哥的声音不小，又中气十足的，所有小孩都好奇地看过来。

"从今儿开始，"全哥粗糙的大手捉住两柄竹椅，"我们都坐在地上吃饭。"他把竹椅放在火堆上，火舌一点一点往上蔓延，纠缠住细细的木条，火势猛然变大。全哥展开双臂，这间宽阔的屋子，从来没有这么亮堂、这么温暖过。

他打量四下的小孩子，那些吃惊的眼神，从四面八方投射来。当他注意到白小，不知为什么，这小子竟抬起头，露出黄乎乎的牙齿，朝他咧嘴笑起来。

夜深时麦里翻来覆去地睡不着。

他没注意到，今晚全哥的鼾声没准时响起。所有孩子睡熟后，全哥隔了好几个人叫他："麦里麦里。"

他支起脑袋，全哥朝他招手。他撑着床褥坐起来，跨过几个细瘦的身子，站到全哥身旁。

"从明天开始，别上街去了。"全哥对他说。

他不明白，眼睛直勾勾盯着全哥看。"不懂吗？"全哥笑着重复，"我说明天你回家吧，我给你拿钱。"

全哥把最后几个字咬得特别清楚，他觉得像做梦一样，身体一摇三晃，几乎要摔倒。

全哥抓住麦里的手，把玉佩放在里面："拿回去吧，这是你的东西。"他低下头，声音传到麦里的耳朵里。

麦里只感觉喜悦，身体颤得厉害。他竟忘记对全哥说感谢的话，重又跨过几个熟睡的孩子，倒在自己的床褥上，是前所未有的轻松，连胸口的疼痛都减轻大半。

最后一夜，麦里裹在单薄的被子中，他做了一个梦。

他梦到无限延伸的旷野，蓝蓝的天空下村庄小得像一页童话。家家户户的烟囱冒着炊烟，几条老黄狗耷拉着尾巴在门口踱来踱去。一条小路直接通到村里，上面的泥土刚被雨淋过，散发着潮乎乎的温柔气息。

那是任白小、全哥，都不曾拥有的美丽梦境。

作者简介
FEIYANG

　　王天宁，山东济南人，高三学生。生于1993年1月25日。写作是为了曾经的承诺，想把日子过成歌。13岁起发表小说，至今已在《中国校园文学》、《萌芽》、《青年文学》、《儿童文学》、《少年文艺》、《美文》、《读友》等各类文学杂志发表小说、散文近七十篇，并在各家杂志上有过专版介绍。有多篇文章入选各类文集。(获第五届冰心作文奖三等奖，第十一届新概念作文大赛二等奖，第十三届新概念作文大赛二等奖)

假若沧桑  ◎文 / 黄可

一

步行上班的路上只有匆匆赶路还一边吃着早餐的学生，他们目中无人一般地朝着和我相反的方向走过去。那些年轻的男孩子从我身边经过的时候，总是散发出淡淡的香味，然后瞬间散去。他们只在我的记忆里留下短暂而模糊的记忆片段，不久之后就会被遗忘得一干二净。

每每我看见他们反射着光泽的头发、白皙的脸庞和刻意修整的衣领，总是会无缘由地想起我还是学生那会儿的事。但往往来不及感伤怀念，就已经走到甜品屋紧闭的门前。

用时七分钟。

仿佛有一张看不见的时刻表，精准得神奇。

在甜品屋有奶茶、咖啡抑或其他气味杂糅在一起的空气中，我例行打扫完卫生，然后把广告牌摆到门口——偶尔乐意的时候还会把玻璃窗抹干净。待到杂七杂八的活干得差不多的时候，我总是能从眼角瞥见一个人，不是顾客——是我的老板，陈厉寒。

老远我就能注意到那个硕大而惹眼的银色耳钉。

接下来的大把时间会毫无意义地耗在过期杂志和发呆上。我一如既往地缩在墙角冷气恰好能吹到的地方摊开杂志，看着陈厉寒忙进忙出连额头上的汗都顾不上擦。从这一点上看，我觉得我才是真正的老板。他在准备，我在等待，而目的是相同的：第一个顾客总会在十点钟出现，买走十个汉堡和五个冰淇淋。我不明白那个抹了浓妆的女子为什么每天都会这么准时出现并留下一张百元大钞然后趾高气扬地离开，反正我该做的不过是判断这张钞票是真是假。

准时到来的，还有丁薇的短信，简短明了无比肉麻："想我了吗？"

我想都没想就发了回复："一点都没呢。"我能想象她在手机那边发出咯咯咯的笑声同时噼里啪啦地按出一排字来羞辱我——都几年了，天天这么发，我还真是佩服自己异于常人的毅力。

想到丁薇成为我的女朋友，我只是情不自禁地在脑海里浮出四个大字："世事难料"。当我还是个羞于表现自我的小男生的时候，丁薇就已经用她天生有吸引力的嗓音、乌黑的长头发和优雅的举止风范成功地俘获了我的心——事实上，目所能及的正常男生都表现出和我相同的症状。她毋庸置疑地成了明星，无数男生把追到丁薇定为最高荣耀。而我却只是把情愫收起，在暗处里单恋着这个女王，看上去不为所动。

我的胆怯使得"丁薇成为蓝习的女朋友"成了包括我自己在内的所有人都难以接受的事实。我到现在还没明白丁薇怎么就看上我了，我也没好意思问她，姑且留下自我幻想的空间吧。

短信随着附近学校的放学而告一段落。

如果老师不拖课，那么第一个到店里来的一定是尤川。他会匆匆忙忙而来连寒暄都没有，伸手接过我递过的午饭随口说了一句"再见"便消失在门外汹涌的学生洪流之中——总像有条狼在撵他。

随后甜品屋就涌进了大规模的学生，一天的生意宣告开始。我们几个人手忙脚乱连抱怨的时间都没有，每一个服务员都是一台高性能的机器：算钱、收钱、找钱、递东西……

一个小时之后人群鸟兽散，好像什么都没发生过。那张看不见的时刻表就是怎么神奇。

　　我和尤川住在一起到今天恰好为一年整。他不喜欢人多的地方——不然何必把午饭带回公寓吃。更多是时候，尤川是安静地存在着，无声无息却又让你轻易察觉，他就是有这样的本领：即便沉默也是引人注目的。我喜欢他安静的样子，至少，他并不孤傲。

　　我不会刻意去打扰他。每个人都会有自己的生活和空间，不应该因为自以为是而随意去破坏别人原有的习惯和规律。尤川的时间那么宝贵，自然是没空和我闲扯的，只是今晚我忍不住想要和他讲讲话——他的房间里竟然没有亮灯。

　　而且，我确信：他就在房间里。

　　"尤川？"我推开虚掩的门，没有走进去。我看不见屋里的东西，但是我能察觉得到，尤川就躺在床上，只是没有应声。

　　"尤川？"我又试着低声喊了一遍却依旧没有回音。我向后挪了一步，打算把门关上。既然他不愿意被打扰，我也不该擅自闯入。只是在门快要合上的那一瞬间，我清清楚楚地听到了从屋里传来的声音："蓝习。"在一瞬间我像得到宽恕一样异常轻松。

　　我，推开门走了进去，没有开灯。

　　没等我开口，尤川说："我只是心情不太好，没事。"说罢他又陷入沉默，我没有接下话音。只是坐在床沿上伸出手去摸了摸他突兀的脊梁骨，他的后背摸起来细腻却冰凉刺骨，仿佛我手尖划过的是一条北冰洋深海的游鱼。就在这个时候，楼下传来了一个女人短促而尖锐的喊叫声，随后是玻璃破碎的哐当一声。不知道是不是我的错觉，我分明觉得尤川的身躯在那一刻轻轻地抽搐了一下。

二

今天午后的顾客出奇地少。

南方的六月火辣辣地席卷而来，用自己肥大而臃肿的身躯填满了每一个空隙。透过灰绿色的玻璃看到的是马路上扭曲的形状和色彩，连空气都好像被熔化了，热浪湮灭了所有的惬意，变得压抑起来，使劲吸口气仿佛都能闻到空气里弥漫着一股淡淡的汗酸味。路上没有车，连行人都没有，统统躲起来了。

只要站在甜品屋的门口，就能闻到一阵阵烧焦的气味，真真切切地扎进鼻孔里。

即使冷气充足，我也已经很久没有挪动位置了，我怕一动就忍不住流出汗来。差不多是这个时候，尤川那张万年不变的脸出现在甜品屋的门口，我猛地想起今天是星期六。

尤川似乎不那么急。他坐到我对面看着我，盯得我一阵毛骨悚然。

"你今天不忙么？"尤川问我。靠！我在心里咒骂了一声，这分明是我的台词。

"怎么了？"

"跟我去学校。"尤川靠到椅背上，继续盯着我。

"为什么？"我被他弄得没底了。

"不要问为什么，去还是不去？"

"……"

三分钟之后，我和尤川站在校门口一边擦着额头上不断冒出来的汗水一边填写登记表。传达室的老伯也盯着我看了一阵——这是怎么了？我就长得这么丑恶？！

即便在校门口不太愉快，一进学校我还是马上激动起来。想想自己毕业整整一年了，竟然没有再回过学校。并不是我想逃离这里，我觉得更可能只是出于本能地不再进学校，苦也苦过了，乐也乐过了，留下点记忆就好，摸不摸得着也变得不重要了。

学校里空荡荡的。走过长长的过道，每一间教室里都有几个人稀稀落落地坐着，手中的笔飞快地移动着，头顶上是呼啦啦作响的电风扇。尤川和我走过的时候他们抬起头望了我们一眼，又面无表情地低下头去。

尤川现在的教室在四年以前正是我的教室，我没有吃惊唯有莫名的欣喜。我读书那会儿的那些深棕色的木头桌椅已经换掉了，换成了天蓝色的塑料书桌，正亮堂堂地反射着光泽。我一阵目眩，突然发现自己像个小女孩一样矫情地鼻子发酸。我揉了揉突然变得干涩的眼睛，在第三排的最后一个座位上坐了下来——这里也曾经属于我。

竟然还是这样的熟悉。

我看见了自己——四年以前的我。

走廊上挤满了等待的学生，我提着自己的书包站在栏杆边上望下楼去，到处是家长——能看到各式各样的脑袋，有秃顶的也有满头卷发的，有猩红色的也有白发苍苍的。他们不安地来回走动，仿佛接受这次升学测试的是他们。我看见了爸爸，他举起手对我挥了两下，我点点头表示看到了。

铃声从远处响起来，开考。

我记得尤其清楚的是，考室的墙上写着一句话："博观而约取，厚积而薄发。"我一直在期盼着语文考卷里能出现可以用得着这句话的地方，这样一来我就可以白捞分数，可惜这件事未能如愿以偿。就这样，在反复寻找和期盼的思绪中，考试结束了。

考完之后我在学校的草坪上找到了等待多时的爸爸，他递给我可乐，我却只记得他汗涔涔的脸和自豪的笑容。他像往常一样没有问我考得如何，一直以来我都是他引以为傲的乖儿子，从来就没让他丢脸。他只是问我："晚餐要吃什么？"我想都没想说了一句："大餐！"然后他就乐呵呵地带我去吃了大餐。

记忆里有绿得刺眼的草坪和到处涌动的人群，还有爸爸稍稍发福的肚子和大步迈去的背影，我在后面高兴地走着。我从来没有发现过，我一度是那样地自负，甚至无知。四年以前的我就这样带着不可一世的脸色消失在人群里。

我听到了铃声……我醒了过来。我觉得自己的额头上汗淋淋一片。

教室里还是亮堂堂的一片蓝色，尤川正在奋笔疾书，我趴在桌子上想着刚才看到的一切，是那样的真实，那样让我怀念。四年以前的我和现在的我，难道变得陌生了吗？我伸出手去揉眼睛，手背上却是湿湿的一片。

没有什么不一样。我还是我，只是时间过了四年罢了。

尤川在这个时候突然回过头来看我。

三

甜品屋没有顾客了，陈厉寒坐在角落里悠闲地看报纸，我抹了一把脸上止不住又冒出来的汗水推开门走了进去。迎面扑来的冷气让我一下子清醒了不少。

"回来了？"

"嗯。"我点点头，"下午你一个人忙得过来吗？"

"下午人不多……都热得不想出门了吧。"他抬起头看着我，"尤川呢？"

"和同学有约，先走了。"

其他人都下班了，我到厨房简单收拾了下，打算也早些回去。我把几块抹布用热水冲了冲，转过头刚好从门缝里可以看到陈厉寒，他看得很认真。毫无缘由地，我又想起了中午做的梦。

陈厉寒——这三个字在四年以前和我不会有任何交集，那时的我们彼此不相识也不会相识。

那时候的我读书认真刻苦，心高气傲壮志凌云自以为是，从来就没有想过去搭理一个小混混——陈厉寒就是小混混。那时候，即使我自命不凡装出很傻却自以为很清高的样子，却也算不上一个完完全全的书呆子。在同学的鼓动下，我曾经有一次夜不归宿——是第一次，也是最后一次。也正是在这个夜晚我认识了陈厉寒。

　　如果你喜欢一件东西，那么你就会莫名其妙地上瘾。或者说，"喜欢"这种东西本身就是上瘾的同类。是什么心理作祟并不重要，重要的是你会怎么对付这个"瘾"。

　　那天晚上的溜冰场一如既往地飞驰着年轻帅气的男孩女孩，我在场边站了许久终究还是换上直排轮，进了场。

　　我迅速地融入这个狂欢的群体，空气里弥漫着尼古丁和荷尔蒙的气息，音乐让地板微微地震动，从溜冰场的高墙望出去，是闪烁的斑斓的霓虹，我不在乎这些。那个晚上，我就像一只被禁锢了漫长世纪的鸟一样，用尽全力地试图飞出高墙，风在耳边呼啸，人影错乱，瞳孔里只剩下一团团暧昧的光晕。我不抽烟，但是那一刻，我却陶醉于尼古丁的气息。

　　被陈厉寒撞倒的我滑过半个场地躺在了坚实的大理石地板上一动不动，我不想动了。被撞倒的那一刻，我突然有一种解脱的感觉，仿佛挣脱了那些禁锢的铁链，瞬间感到让人难以置信的放松。陈厉寒被一动不动的我吓得不轻。然而，在知道我没事的时候，我们两个人对视了一眼忽然大笑起来……也算是认识了吧。

　　那个晚上的狂欢就这样结束了，剩下的只有耳畔还未散尽的狂欢音乐。

　　还有，漫天的星辰。

　　那天晚上我和陈厉寒躺在滑冰场高墙外的草坪上望向难得见到的星空，他的刘海遮住了双眼。我听着他均匀的呼吸声，以为他睡着了。

他开口的时候我吓了一跳:"我不喜欢他们。"我没有马上理解他说的是谁,没有接话。他自顾说了下去:"……只是酒肉朋友,这不是我想要的。"我惊讶于这些话听上去竟然一点儿不觉得造作,陈厉寒的话没头没尾,我却清清楚楚地听到了他低沉话语之后的啜泣。我知道有故事,但是我不想问他——或许不该问。

那年夏天的某一个晚上,如果你经过那片空地,一定能看到两个少年一言不发地躺在草坪上。只是你不知道,其中的一个已经沉沉睡去,而另一个少年——我,则睡意全无,望着寥廓的苍穹,听着陈厉寒的呼吸声,若有所思。

或许是露水的缘故,回去之后我大病了一场。陈厉寒在电话里取笑我体弱,我又气又恼地大声喊回去:"还不是因为你。"顺理成章的,我,一个自命不凡的好孩子和陈厉寒这个污点重重的小混混成了真正的死党。

据我所知,陈厉寒从那以后再没有去过溜冰场。

但我没料到他会做出一件一件惊动鬼神的事情来——这也是他所有污点中最引以为豪的一个。

那年夏天马上就要结束的时候,我还在满头大汗地赶着暑假积压的作业。吃过午饭我百无聊赖地陷在沙发里不断地摁遥控器试图找到可以入眼的节目。地方新闻台就要跳过的一瞬间,声音传了出来:"×中……"听到自己的学校,我下意识地退了回去。

火灾。不过不是学校,而是学校对面的甜品屋,不料新闻一笔带过。是意外事故吧?

当晚,陈厉寒打电话给我的时候,我一如既往地和他约好在街心公园见面。只是见面时他却异常兴奋,最终在我的好奇心胀裂之前他把他所做的一切都告诉了我。

如你所料,甜品屋的火,就是陈厉寒放的。

杀人放火,穷凶极恶。可惜陈厉寒犯了放火这一条,却充当了好人。

这年头，生意只要跟学生沾边，都能网罗白花花的银子。甜品屋作为典型的代表在附近一带有口皆碑。这间长得不大却胜过好几棵摇钱树的甜品屋在几年以前由陈厉寒的大伯一手经营起来，学生顾客的庞大数量让利润飞增，他大伯家财万贯。当然，像所有的八点档肥皂剧一样，这个大伯就应该膝下无子，孤身一人茕茕孑立于世，前一阵子因为脑溢血现在中风在床，不得已这家甜品屋作为一块肥肉必须得有新的主人。

吵起来的正是陈厉寒的父亲和叔叔。两亲兄弟为了得到这件店闹得不可开交，互相羞辱打击对方，尖酸刻薄火药味十足，而且当家的两个女人更是使出浑身解数展开漫无边际的持久战。

陈厉寒十七岁，解决矛盾的方法大胆前卫：不就是一件店吗？没了你们就不争了。于是，在某个可能是逢高夜黑的晚上，陈厉寒避开所有的摄像头像普罗米修斯一样给人间带来了一把火。点了这把不大不小的火，就像点燃了一颗炸弹，轰的一声灰飞烟灭，没有了纷争和吵闹。尔后，两兄弟对甜品屋都避而远之，唯恐自己还得负责收拾后事。有些东西——像甜品屋一样，存在的意义就是为了引起这些没必要的喧嚣。当然，过错不在于它，根本原因还是人——人啊，终究是善变的动物。

说完自己的丰功伟绩，陈厉寒仰天大笑了两声，仿佛自己是英雄一般。可惜我却从他的笑声中听出一股悲怆来。他顿了很久自言自语道："大伯……你会原谅我的，对吧？"

半个月之后，陈厉寒的大伯，家财万贯的陈先生在医院中去世。没有人知道他是怎么死的，有人说是后遗症，有人说是饿死的，还有人说是被害死的。陈厉寒大伯的死，成了个不大不小的新闻。而所有人关注的大笔家产，按照遗产如数捐出，陈家的两兄弟什么好处都没捞到——这也给无数想看电影的人带来了不小的遗憾。

然后，陈厉寒跟他爸借了钱，重新把甜品屋开了起来。

我对陈厉寒说："冲动是魔鬼。"陈厉寒没抬起头，只是回敬了一句："这回是天使。"我刚想说话，他又冷冷地说："不烧，迟早会死人。"那时的我并不能深刻理解陈厉寒冷峻的态度背后所代表的一切，世事纷扰家庭变故争夺遗产这些狗血电视剧情节于我而言，还是那么遥远，仿佛遥远得不会出现在我的生命里。

陈厉寒在四年以前就已经把我折磨得死去活来：他的爱理不理，他的恶言相向，他的亲切问候，让我捉摸不透像雾里看花。这些年过去了，我发现他还是一点没变。而我呢？我想我确确实实变了，甚至早已面目全非。

四

早上七点钟，两个人一前一后走进了甜品屋。我从报纸里抬起头刚好看见了那个西装革履的严肃男人，跟在他后面进来的却像是他的对立面：那个男生浑身散发随性的气息，甚至有那么一丝慵懒。

男生先点单，随后到玻璃窗边的双人座位上坐下，男人简单点了一杯饮料把钱付完坐到了男生的对面——出乎我的意料，这两个不同世界的人竟然会有交集！一分钟之后，我把他们点的餐端上，男孩礼貌地对我说了谢谢，男人似乎看都没看我一眼。

无所谓。我转身离开。

我坐回收银台里，端菜这种活不是我的工作，只是我的好奇心让我想听听他们讲了些什么，我不断猜测着这两个人的关系：父子？师生？朋友？……情人？我突然笑出声，为自己的恶俗趣味小小地吃了一惊，这无论如何太荒诞了。两个人都没有注意到我的失态。陈厉寒在厨房里忙碌着，空气里开始飘来烧烤和甜点的味道了。我别过身，瞥了一眼柜台上的时钟——还早。我猛地发现它边上的那株仙人掌已经干掉了，随手拿起杯子把凉开水倒了进去。

这种时候真是无聊透顶。

我又把注意力放到那两个人身上。他们一言不语有一些时候了，男孩不停地玩弄手机，男人若有所思，饮料碰都没碰。我突然对男人的严肃厌恶起来，莫名其妙地觉得他太虚伪了，尤其当我看到他发亮的衬衫的时候——他难道不热吗？

"决定了吗？"男人的声音让我吃了一惊，好像在什么地方听过，有苍老的味道。男孩看了他一眼，没有说话，几秒之后又摇摇头。男人似乎在忍住什么，愤怒？不满，还是烦躁？

不知道我有没有看错，那个男人突然握紧了拳头，但又马上放开了。

男人的饮料只喝了一口，我叹口气把它丢进了垃圾箱——有钱就了不起啊！我发了一通牢骚之后把那些垃圾打扫干净了。陈厉寒突然走到我的面前，递给我一个汉堡。

"从工资里扣么？"我笑笑。

"不吃拉倒。"

"好啦好啦！"我从他手里抢过汉堡。这也是我众多福利中的一个罢了。

每每看见陈厉寒的背影，我总是感慨良多。我从来没有想过自己有一天会给陈厉寒打工，他就这么成了我的老板。很多简单的事实，在有些时候，就比如我路过 X 中门口的时候，会突然窜到我的眼前，仿佛不那么真实。我还记得四年前的自己意气风华雄心壮志，满心只想自己是天之骄子上名牌大学找到好工作生活在上流社会。

现在觉得梦想果然是很美好的。我怀念它们……只是怀念，没有别的心思。

可是，不知道是不是人不断长大的缘故，我越来越趋于安分，梦也不再做了，变得愈发现实起来。曾经向往的那种热血沸腾激情四射的生活从一开始就没有出现过，生活依旧平静、沉稳、一如既往——可是我却从来没有去厌恶它，毕竟，它是属于我的生活。独一无二。

事情不太妙。

我回去的时候尤川不在。原先我以为他只是临时有急事出门了，毕竟尤川对时间近乎扭曲的迷恋不允许他在无关紧要的事情上浪费生命。只是这一次，我失算了。他在两个小时之后还没有回来，我隐隐地思忖着他可能上哪去，说实话我很担心。

这时候，我的手机在口袋里嗡嗡地振动了几下——一条新的短信。

发信人显示"陈厉寒"，可是打开之后却没有内容。发错了？我顿了几秒才猛然想起我还没试过给尤川打电话，我顾不上理会陈厉寒的无字短信，手忙脚乱却又悔意连连地给尤川打电话。

可是，电话那头传来的是那个冷漠的女音："您好，您拨打的电话已关机……"我觉得，尤川肯定出事了，以前他连下楼买瓶饮料都会和我报告，如今却消失了整整两个小时——甚至更长了。不是我多虑，我敢保证。窗外的天色沉沉地暗下来，墨色铺天盖地席卷而来。屋子里的空气变得熏蒸，我的后背已经湿了一片。

现在，我除了等待，根本不可能有其它能让尤川出现的办法了。

那一刻，我才发现，我是多么在意尤川。

然而，我并不知道，陈厉寒几分钟之前的那条短信差一点儿就成了他这辈子最后一条短信，我忽略掉它势必成为了长久后悔的记忆。可是，我真的不是刻意。

楼下橙黄色的路灯亮起来了。

我迷迷糊糊地在客厅里待到了凌晨，不知道几点了，只是能感觉身上粘糊糊一片。我觉得自己马上就要睡着了，可是还不住地做那些奇奇怪怪的梦，片段不断重复，混乱不堪，黑白画面，还有陌生的熟悉的一张张面孔。

可是在安谧的夜里，开门的声音——那种毫不在乎是否会影响别人休息的门锁转动声，像惊雷一般轻易地把我惊醒了。我立刻端坐好，精力又回来了，尤川在这个时候推开门走了进来。我腾地站起来，尤川站在门边看着我，黑暗中我看不清他的表情——但是迅速地，他走向自己的房间，随后爆炸般地把门摔上了。我愣在原地，我想说，不是我的错。也是在很久以后我才明白，尤川在那一刻是羞愧得无地自容。但是，我并不知道。

我的手里，还握着手机，屏幕上是打开的通讯录，而对应的姓名是"尤川"。

我轻手轻脚走到他的房门前，慢慢鼓起勇气："尤川？"可是这一次我没有得到任何允许，甚至在我第二次叫出"尤川"的时候——我一直后悔这么做，这仿佛是我幸灾乐祸抓住他的把柄不放——房间里传来尤川的吼叫声："别烦我！滚！——"可是，我分明听到了尤川令人心醉的哭腔，我突然觉得，我该离开一会儿了。

至少回来了，没事就好。我在心底默念。

五

我起床的时候，尤川已经去学校了。我的头有点痛，喝了点水我也离开家门去甜品屋。今天早上的行人多于往常。可是却有一个人和我玩起了失踪游戏——陈厉寒。

下午两点钟，在所有服务生手忙脚乱晕头转向的时候，我躲进洗手间第二十次打电话给陈厉寒，可是还是无人接听。躲到哪里去了？还是睡得天昏地暗？我没有那么多的时间思考这些无果的问题，外面已经乱成一锅粥了，那些男孩子们甚至开始不满地抱怨，我不明白——不就少了一个人么？差别怎么就这么大？

忙得浑身抽筋自然没有时间再去猜测陈厉寒的下落。而且我坚信，他不需要别人担心。

可是我又错了。

接下来的五天，陈厉寒还是没有出现。我浑身酸痛，听到手机那头传来的依旧是："您好，您拨打的电话无人接听……"我是该担心了，如果五天找不到尤川，我会报警，但是换做陈厉寒，即使我担心他，但还是固执地认为他会没事，报警也太瞧不起他了。

没有出现"压死骆驼的最后一根稻草"——我的生活从来不存在这种东西。第六天的午后，我在打扫卫生的时候不小心打破了一只杯子，"哐"的一声飞溅的碎片异常美丽，八卦一些说这是不祥之兆，我干笑两声取笑自己的无聊，可是手机突然响起还是让我确确实实吓了一跳。来电显示："陈厉寒"。

我小心翼翼地接起电话，就怕那头的声音不是陈厉寒，可是——

"阿习！"

"哈！"我松了一口气，旋即破口大骂，"你死哪里去了！？"

"这几天辛苦了。"陈厉寒的声音有些低沉，显得忧心忡忡。

"你……没事吧？"

"回去再说。"只留下一阵忙音。好吧。我把手机扔在柜台上，我在心底默念，好吧，又一个人活回来了。可在这一刻我这才突然记起，尤川已经六天没有和我说过话了，甚至都没有正脸看过我。

其实，我还忘掉了一个人，或者说，我还被一个人忘掉了。那就是我最大的谜——丁薇。

当我在陈厉寒失踪的第六天晚上意识到这一点时，我知道，有些东西已经无法挽回。丁薇的手机已经关机——我不知道她关了多久了，我也不知道在这几天她发生了什么，仿佛一切与我无关，或许我也不想知道。也是这个时候，我看见陈厉寒推开玻璃门走了进来。

我能看见的，就是他手上的纱布和太阳穴的乌青。我明白了大概，我示意他先不要说话，然后把门关上了。他微微笑了一下坐了下来。就在他坐下去的那一瞬间，仿佛时光倒退好几年又回到了我们年轻的时候。

陈厉寒。这个响当当的人物有什么事情没做过，连死都差点死过了。摊上陈厉寒这个朋友，我的书包里永远有红药水和邦迪——整整一大包。我不知道陈厉寒身上有多少疤痕，但我知道他的肚子边上那道狰狞的疤，这道疤让我做了整整一个礼拜的噩梦。

在那些梦里，陈厉寒在我眼前一次又一次地死去。我在痛哭，看到满地暗色的血和厉寒痛苦的表情……我他妈的娇情得像是一个小男朋友快要死掉的小女生。

所以，我不需要知道现在坐在我面前的陈厉寒究竟是怎么搞到这些伤的，只要他活着就够了。

陈厉寒许久之后开口，如同往常一样冷峻而不苟言笑："我想把甜品屋重新装潢一遍。"

"我同意。"我想都没想，"我也想放几天假了。"

当晚，我梦到了那片曾经出现过的学校草坪，可是爸爸却不在那儿，一个人都没有，我在那里独自一人走来走去，好像很急切地在寻找什么。我脚下忽然绊倒了东西，猛地摔倒了。我惊醒过来，看了下时间：凌晨二点二十分。我起身坐在床上，竟然浑身是汗。四下里静悄悄的，只有楼下不时驶过的汽车声。

……爸爸，爸爸。我突然想起了爸爸。

然后仿佛知道了我已经醒过来了似的，一条短信飞抵我的手机。

"明天上最后一天班。后天装修。"陈厉寒连短信都发得干脆利落不拖泥带水，我合上手机倒头又沉沉睡去。我没有注意到短信里的"最后一天班"，它的意义绝对不仅仅是因为装修而不用上班，只是我当时完全不在意。也不知道，陈厉寒发这条短信的时候有多痛苦，几天以来他忍受的一切比起这几个字都显得微不足道。

这个凌晨，陈厉寒在离我遥远的某个屋子里，轻轻脱下衣服，前胸袒露出一条细长的疤痕来，伤口还冒着血丝——我永远也没有机会看到这一幕。

恍恍惚惚间，我仿佛还听到了隔壁房间里尤川突然说了一句梦话，低沉地传来，撞击在我的耳膜上。我很快又沉沉睡去。我没有觉察到，此刻，我那虚掩的房门外，有一双眼睛正看着我，眼眶里有什么东西正在黑暗中闪烁亮光，像是一股涌动的巨大暖流——是尤川。

<h1 style="text-align:center">六</h1>

这一次，男人穿的不是西装，却也是同样一板一眼的商务休闲装，而我真正近距离地观察他，我才惊讶地发现，他竟然有那么多的皱纹，他照例点了一杯饮料坐到角落里去了，我没有看到男孩子。陈厉寒就是这个时候从厨房里走了出来，他脸上的乌青已经消了许多，可手上的纱布还是缠得紧紧的。

陈厉寒径直走到那个男人对面的座位上坐下去，我吃了一惊，他们认识？我没来得及细想，一群男生突然涌了进来，一个个大汗淋漓自以为是地叫嚣着要各种各样的饮料。没等我忙完，我就看见那个男人大步地离开了甜品屋，我的眼角瞥到陈厉寒面无表情地把那个饮料扔进了垃圾桶——似乎又是一口没喝。

接下来的大半天时间我都没有和陈厉寒再说上一句话，他一直忙碌着，我从来没有发现有这么多事情可以忙。放学时间一到，大波的学生涌进来，我很快把这些事情抛到后脑勺。几个女生叽叽喳喳地指着门口贴的海报问我重新装潢会用多长的时间，说实话我也不清楚，只是笑了笑说："不久不久，反正迟早要开的。"她们笑了笑又是一阵叽叽喳喳地离开了。

现在想来，我那时候还真是一无所知。不过也情有可原，我那会儿惦记着的，是尤川已经整整一周没来拿午餐了，我在猜想他怎么解决"午餐"这个让他头疼的问题。

我觉得我应该和他谈谈了。

那张精准的时刻表，不知在何时已经荡然无存，或者是它悄悄地躲藏起来，我的生活变得有些捉摸不定了：那个奇怪的女人突然不再来甜品屋买汉堡，尤川不再来取午饭，而丁薇也不再给我发短信……我猛然发现，有些东西，曾经被我认为永恒不变的东西，在不经意间已经翻天覆地面目全非。

"明天需要我来帮忙吗？"我坐在陈厉寒对面，店里已经没有顾客了。

"连我都不来，你来干什么？"

"你不来？"我端杯子喝了口水，"这样谁来监督？"

"你就放假了，不要管这些烦心事。"我听出了陈厉寒莫名其妙地不耐烦，他很少这样。

"那不关心了。"我自讨没趣，转换了话题，"得多长时间？"

"说不准。"陈厉寒的声音不知道为什么忽然低了下来，我没有再问。他的声音很快又恢复正常，"明天先把东西都搬走，不知道要损失多少呢……"不知道怎么了，陈厉寒讲这些话的时候脸上的表情若有如无地显现出一丝无可奈何来——明明是他提出要重新装潢的。

不管在什么季节，悬铃木总是会掉下一地的叶子。

我走在人行道上，夏天的夜晚尽管有迎面的风，可是脚底下不断散发热气的土地还是让我浑身渗出汗来。这种季节最容易让人变得懒散，就连街上的行人都变少了。陈厉寒还在甜品屋里忙着把东西打包，装箱——既然他坚持不用我帮忙，那我也不用太积极了，此时我心里盘算着的是今晚合不合适和尤川讲讲话，和明天可以睡到几点的问题。

不知不觉已经走到楼下了。

我如同往常一样数着台阶一步一步上楼，最后停在房门前，刚掏出钥匙却听到了从里面传来了肆无忌惮的笑声——是个女生。我突然觉得自己的出现是多么的不合时宜，无论如何，此刻的我多像一个外来者，顿了几秒之后我觉得还是不进去了。刚想转身离开，后背却猛地被拍了一下，我一惊连忙转过头，却看到尤川那张正写满恶作剧意味的笑脸。

"丁薇姐姐来了。"尤川扬了扬手里的饮料,"进去啊!"可是,这才是让我吃惊的事情。我在心里咒骂自己竟然连丁薇的声音都认不出来了,尤川已经把门打开了,随后,我听到了丁薇再熟悉不过的尖叫声——"蓝习!"然后给了我一个狠狠地拥抱,我甚至还没让眼睛适应屋里的光线。

屋子里还有另外一个女孩,丁薇迫不及待地把她拉到我面前,说:"这是我们的段花,谢琳娜。"我有些迟疑地打了招呼,听见谢琳娜礼貌地说"你好",那声音好像在什么地方听过。

尤川把听听罐罐统统打开,屋子里都是碳水化合物的味道。

很久之后,我才猛地想起,丁薇应该正在千里之外的大学校园里才对,怎么倏地就出现了?我刚想把问题说出来,丁薇已经开始把自己的事一股脑讲出来了。

"实习完了我们就要马上回去,所以……"丁薇说说到这里故意停下来看了我一眼,"所以,这几天我们要抓紧机会玩一玩。明天我们要去爬山。"丁薇最后一句话把语调一提,成了一个不折不扣的疑问句,我明白她的意思,说:"那我就陪你们一起去喽。"丁薇这下子又爆出一阵咯咯咯的笑声,我只能忍受这一切。

"尤川一起去。"谢琳娜突然开口,尤川端着饮料的手僵在半空中。"这个不太好吧?"他不好意思地把杯子放回桌上,"我……"

"你们不是刚考完试吗?那就没事了!"丁薇打断尤川的话,兀自兴高采烈地说下去,"就这么定了。"

"那好吧。"尤川轻声说道,谢琳娜开心地笑出声来。

七

那天夜里,我和尤川睡,谢琳娜和丁薇睡。尤川睡觉的时候很安静，把自己缩成一团占据不到三分之一的面积，空气微冷，露在被单外的手臂冷冰冰的。我半夜起身在屋子摸索着找空调的遥控器，把冷气关掉之后我借着手机微弱的光亮回到床上，光照在尤川安静的脸庞上，散着幽幽的蓝色，尤川的脸仿佛精心雕琢过一般细致。我想，他一定正梦见什么开心的事情。

第二天，尤川买好了四人份的早餐。我看见他正忙着往登山包里装水果和饮料。

"尤川，会很重的。"谢琳娜从浴室里走了出来，"到山上再买就好了。"我侧躺在沙发上看着尤川专心致志的表情，又望了一眼窗外一道道金黄色的光芒。突然后悔答应陪她们去爬山——这种天气，很难保证不中暑。不过，两个女生似乎不在意这些——因为有我拎包撑伞，现在，没准还加上尤川这个替罪羊了。

事实上，这座山不算高，一路上还到处是林荫遮蔽。日已近午，我们四个人各自抹着汗到达山顶。尤川估计被登山包压垮了，躲到大树下喝水去了，谢琳娜和丁薇撑着阳伞优雅地走向树阴里的凳子。只有我，怎么看都像是个挑山夫。

我早就知道这两个女生爬山的动力是山顶上这座修整一新的游乐场。那个巨大的摩天轮让我喘不过气来，仿佛马上就要压在我身上似的。这么多年过去了，我依然还是对它心存恐惧。我还小的时候，这里已经是一座不小的游乐园，爸爸每个月都会从忙碌的生意中抽出一天的时间，带我到这里来，那时候山路还没有大规模翻修，一路上走走停停，似乎夏天也变得不那么炎热了。

每个月的那一天，记忆里都像是过节一样。只是，只有一天。

有些东西不能强求，这一点我尚且年幼就能明白。就如我一直隐藏着的事实，我从小就没有见过妈妈。爸爸说，妈妈是一个漂亮的女人。我在无数老旧的照片里翻找却始终找不到那个对应的身影，很多年以后我才明白，那些彩色抑或黑白的影像都被爸爸藏到心里。

爸爸说，他的青春历尽沧桑，像一部永远也做不完的连续剧，悲剧、喜剧轮番上阵，家庭的艰辛、动荡的年月、无法抵挡的自然灾害，那是用饥饿描绘的记忆，也是用疲惫和酸痛铭记的年代，世事变幻，沧海桑田，仿佛什么都经历过了。

而我的青春是这样平淡、这样安静。爸爸说，我该热血。可是我只知道，假若我的青春历尽沧桑，一定有人会为我担忧；当矛盾和冲突纷沓而来，那么爸爸，你一定会站在我的前面，不是么？

爸爸，我不需要难以磨灭的青春记忆，只要你在，我的青春比什么都精彩。

我不羡慕任何人，即便妈妈永远不会出现，我也一样爱她。而爸爸是我从来都不孤独的伴随者。我没有问过爸爸，妈妈上哪儿了。我明白她不管在哪里一定都会惦记着我，我一直长到二十几岁还是如同孩童般相信那些童年时读到的童话，它们，比什么都真实。

我那一次独自一人坐上摩天轮，慢慢升到半空中，我莫名其妙地感到恐惧，那种真真切切的恐慌，从内心深处迸发出来，仿佛自己正在坠入无底的深渊，浑身冰凉。我紧闭眼睛，没有发现自己的双脚已经在不住地颤抖，而这一切的恐惧，就因为我从高高的天空中望了卜去，却看不到爸爸。

我还记得尚且年幼的那个我。

或许，谁都会有这样一段记忆。

丁薇和谢琳娜已经不知道走到哪里去了。尤川走到我的面前，轻声说："我想坐摩天轮。"那一刻，我答应了他。摩天轮很高，可以望见整个游乐场和远处林立的高楼。我已经没有了恐惧，尤川坐在我的对面，拿着相机从铁网中探出去拍照。开心得像个小孩子，那张精致得如同女孩子般的笑靥让我望得出神。

尤川在那天晚上，一个人在这里坐着摩天轮，从黑暗中望出去，他在想什么？一遍又一遍地升上高空，看见远处林立的高楼与斑斓的霓虹，是否有过孤独？这些我都不知道，没准永远也不会知道。只是我在很久之后，依然记得他说的那一句话："如果摩天轮的门打得开，我一定会跳下去，从最高的那一点，像鸟一样。"而我听到尤川忧伤地讲出这句话的时候，却止不住回忆的洪水，猛地想起了四年以前，那个夏天的夜晚，我在草地上望着满天的星星，听着陈厉寒均匀的呼吸声。

就这么都过去了。

八

回到公寓，丁薇和谢琳娜嘻嘻哈哈地开着玩笑，尤川显得有些累了，不停地打哈欠，脚步也变得拖拉了。我让他先去睡觉，他感激地点了点头进了房间。两个女孩子在厨房里准备宵夜，还不时传来笑声，仿佛什么事都能成为高兴的理由。

我走到阳台上，深吸了一口气，微微发凉的空气倏地窜进鼻孔里。手机在口袋里振动起来。

"厉寒？"

"阿习，是我。"陈厉寒的声音格外清晰，"我要和你说一件事情。"

"噢？"

"我把甜品屋转让出去了。"他说完话几秒钟我都没理解，没有接话，他又说："蓝习，对不起，没有和你商量……"

"没关系，你是店主啊。"我说。

"你生气了？"陈厉寒似乎有些着急。

"没有，放心吧。"我笑出声来，"我怎么会。"

"转让给了那个穿黑色西装的男人……"我猛地想到了那个人，"我们谈了几次……"

"嗯。"我发出了一个短促的音节。

"还有……我会离开一阵子。"陈厉寒突然压低了声调。

"怎么了？去哪里？"

"北方。"他语焉不详地回答了我，"我会回来的。"

"我相信。"耳边又是忙音。我把手机放进口袋里，一阵风突然吹过阳台，我发现手心已不知何时都是汗水。我不知道陈厉寒所说的"北方"究竟有多远，只是许多年以后，我都没有再见到他。那天夜里我躺在床上打电话给他，那头只传来冰冷的女音："您好，您拨打的电话暂时无法接通，请稍后再拨……"

我不知道，陈厉寒正在火车上沉沉睡去，他的胸口那道伤痕隐隐作痛。

我又不小心按到那条空荡荡的短信，却似乎猜测到了什么。

那天夜里我满世界找尤川，却不知道陈厉寒正在和别人拼命，年少时的刀光剑影又一一重现，手上的伤，背上的痛都化为不可遏制的冲动，在黑暗中，陈厉寒在看见死神的一瞬间突然知道恐惧，那条无字的短信，既是后悔的哀鸣，也是无助的求救……只是我未能理解。

刀光闪过，陈厉寒捂住胸口瘫倒在地。后来的一切，连陈厉寒自己也不知道。

我翻过身，把手机关掉，很快便睡着了。

尾声

我从来没有睡得这么沉，像死去一般似乎再也不会醒来了。

梦里只有漫无边际的黑暗和寂静。

等到我睁开眼已经是第二天傍晚了。我躺在床上，从窗户望出去，是淡红色的天空，它安静地不动，仿佛睡得比我还沉。这时候，丁薇和谢琳娜已经坐在离开的火车上了。

我打开手机，想知道到底是什么时间。

可是一条短信却迫不及待地挤了进来。

"我们分手吧。"——终于到来了，我知道它无法抗拒。而此刻，我从未如此强烈地想要去做一件事：我想回去看看爸爸。

作者简介
FEIYANG

　　黄可，1993年出生于福建漳州。热爱日本文学和魔幻现实主义。生活简单，为理想写字，不擅长运动，学习认真，不当非主流，QQ隐身，定期上豆瓣和人人网。每周看一部剧场版《哆啦A梦》。热爱南方家乡。热爱安静地阅读。现就读南方某高中。（获第十一届新概念作文大赛一等奖，第十三届新概念作文大赛二等奖）

阁楼里眺望的时光　◎文/宋南楠

一

　　自从上次离家出走开始，三水就被锁在阁楼里。阁楼里堆放的都是些铺着尘粒的杂物，但是母亲几乎没有关心到这点，就把她锁了进去。这些杂物都放得很乱，有断弦的吉他，废置的衣橱，甚至还有一台十几年前作为母亲的嫁妆被带过来的暖炉。就是这些东西，它们每天每夜陪伴着三水。

　　入夜，阁楼里就会变得漆黑，在只有电筒般亮度的吊灯下，被调和成灰色。吊灯是三水被锁进阁楼后第三天父亲进来装的，几根电线一个白炽灯泡，简单得像是随时会落架的骷髅，通电后还会摇摇晃晃。很多个晚上，三水做了同一个噩梦，就是这一盏吊灯无预兆地从她的头顶掉落下来，她消失了。

　　吊灯晃动着，三水的影子也在灯下晃动着，像是调皮的小孩闹着到处跳，旁边杂物箱子和吉他的影子也同样会走，它们追逐打闹，甚至想要吓三水一跳，她感觉影子们都要肆意地奔跑，肆意地放声大笑，可是她也知道，无论影子怎么跑，也始终逃不出这个连蚊子也不会光顾的密封的阁楼。这与她一样。

　　她坐在角落里，靠着墙壁，沉默。

白团跑过来舔舐三水的脚趾，然后把自己的头轻柔地埋在她的大腿上。但是她并没有将它抱起来，反而是不理它，继续沉默。白团是阁楼里唯一的生物，是三水的大哥苏桑偷偷放进来陪伴她的一只小狗。它在这里吃的就是三水吃剩下的食物，三水很讨厌它，讨厌它对自己的阿谀奉承，也讨厌它没有自尊似的吃她吃剩的东西。所以，三水从来不理它。

　　昨天阁楼里上来了两个人，是大哥苏桑还有小哥苏宁。

　　苏宁的浓眉挑了两下，还是用轻浮的语气跟三水说话，"苏心淼，妈叫我上来问你知错没有。不过你知错也没有用，下次还是会再犯，都不知道你离家出走多少遍了。刚刚你的那个小男生又给你打电话来了，说北方的风景很美什么的，妈帮你挂了。暂时你还是待在这儿别想出来了。"

　　小哥的话并没有让三水的心浮起涟漪，心里的池塘连一道皱纹都没有。她的心里甚至还有一点儿开心：亲爱的墨染，不知道你口中的美是怎样的，真想去看看。

　　今年六月高考完，三水第三次离家出走，走的时候只带着她的笔记本电脑和银行卡，卡里都是她这几年的压岁钱和稿费，她留了一张纸条给苏桑：

　　　　哥，我的责任完了，终于可以离开这个令人窒息的
　　　地方。当你看见这个纸条的时候，我已经上火车了。预
　　　祝我比赛成功。

　　她那时想，或许全世界都觉得我的举动幼稚且俗不可耐，固执倔强，但是总有一种追逐让人变得勇敢。

　　苏桑也习惯苏宁的说话方式，把他拉到自己的身后，然后走向前对三水说，妹，别那么倔，下次跟妈说声"对不起"。大家都会原谅你的。以后就别干这些傻事了。参加这些比赛你应该事先告诉我们，让

哥带你去。这次是真的你不对了。还有你的朋友，你也要跟妈说清楚，妈总是听苏宁乱说，都以为你学坏了，早恋。

三水也没有理会苏桑的话，她靠着墙壁，眼睛看向阁楼里唯一的窗户。这个窗户很小，可是玻璃上却没有一点尘粒能够遮掩她的视线。三水甚至能看见远在北方的墨染，家里烟囱上袅袅升起的炊烟，她微笑着。

心里默念，墨染，加油！

二

年少轻狂，三水并无多想，她只渴求自由，甚至追逐与现实不在同一轨道上的梦想。梦想这东西，就像她从阁楼上的窗子望出去看见的那条小路，蜿蜒前行，看不到尽头，或许连尽头都没有也说不定。但是，她依然每天坐在阁楼上眺望这条路。

心里想，或许哪一天墨染就会来到这条路上，对她招手说，苏心淼，我成功了！

除了文字，我真的不知道自己还剩什么。

她给墨染发信息的时候说道。说的时候眼里还流着泪，她脚下还踩着用红笔划过的试卷。只有写作给予她优越感和追逐的力气，而对于脚下的那片浮云，她是付出了无限努力却无可奈何。其实她不懂，为什么不能够全力追逐。

扪心自问，三水和墨染如同那些少年般日以继夜地努力着，他们沉浸在自己喜爱的世界里劳动。如同喜爱打篮球踢足球的人日夜训练，他们也在日夜写作，文字就像是一台干衣机，把他们脑海里所有的情感和思绪都蒸干吸净，可是他们却一无所求地继续努力。

来到异地城市的时候，三水与墨染见面，她握着他的手兴奋地说，"墨染，我俩谁只要谁都行，一定要有一个红起来。把我们的想法贯穿在每一本书里，让书里的文字飘进每个人的心里。"

墨染笑着答应她。

可是，在那两天后，刚好是她初赛完的那天，三水的父亲来了，说什么也要带她走。这场创作大赛是像锁链般一环扣一环的晋级赛，持续一个月。她请求父亲让自己比完，反正考试已经完了，剩下就是报考志愿的事情。可是父亲执意拉着她，愤怒地说，你不赶快跟我们一同回去搞定报考志愿的事情，你就再也别想要踏入苏家一步。

于是，三水只好不甘心地离开。快要上车的时候，她收到了墨染发来的短信：我俩成功晋级。

这条短信让她流泪，然后身体弯曲了下来，她倔强地蹲着，抬头用坚定的眼神看着父亲："我不走。"

眼泪在眼眶里打转，在眼角边溢出，三水睁大眼睛看着父亲。这就是她的倔强。

可是父亲却把她狠狠地拽上车，切断了她跟这个城市的牵扯，而她所拼命拉扯着的比赛，也始终像被切断线的风筝，离她愈来愈远。坐在汽车上，周围的风景就像是沙漏里面的流沙，快速地走过，对她来说连过客都算不上。苏宁和苏桑分别坐在她两边夹住她，她向苏桑投去哀求的眼光，可是他却移开了。

看着汽车急速行驶在高速公路上，快速地离开这个城市，距离渐渐变远，三水目光变得空洞。她已经绝望了。这种绝望的眼神就像她此时坐在阁楼上眺望外景一般，她又想起了离家出走的那段日子，嘴里仍然喃喃地说，"墨染，你一定要连我的那一份都一起努力。"

可是那条路上，为什么还是没有人？

白团像是知道她的痛苦与寂寞似的，讨好地叫了几声，然后乖巧地躺在她的脚边。脚边突然的温暖让她从缱绻的过去与窗外的悱恻中突然惊醒，便低头看着白团，她说了一句："白团，你睡着了吗？在做什么梦呢？"

它在她的脚边睡过去了，睡梦中像是真的听见她所问的似的，还喵喵地回答。

三水第一次笑了，在阁楼的这些日子里。

三

苏桑总是偷偷地给三水买东西。带她喜欢吃的东西，喜欢看的书籍，甚至还给她买了一台望远镜。

而阁楼也随着三水在这里住的时候的渐长，变得不一样。吊灯还是那盏只能发出微弱灯光的灯，但是它被苏桑固定在天花板上了，再也不能驱使影子追逐。没用的杂物被堆放得整整齐齐，就连在上面居住十几年的灰尘也要搬家了。而废置的衣橱和橱柜，都被三水用来装从房间里偷偷拿过来的书籍，还有苏桑每周给她买的杂志和报纸。

所有的东西都焕然一新。而阁楼，不再只是一个杂物房了。

"已经住在这里多久了呢？"三水都忘记了日子。她问苏桑这个问题。

苏桑回答说，"应该快有两个星期了吧。你看，白团都长一身肉了。"

三水用手指拨弄白团身上的毛，回答说，"只是毛长了，在这里没吃没喝的谁能够长肉啊。"她的话没错，苏桑看着自己的妹妹这样消瘦也心疼。他不知道是安慰自己还是安慰三水，拍了拍她的胳膊，然后离开了。

三水看着白团，她露出一个笑容，然后继续整理这个属于她的阁楼，断了弦的吉他，她便用来当白团的房间，有时候自己也坐在上边眺望外面的世界。还有那些不用的电线和铁丝，她都弯成了美丽的形状，在天花板上汇成一条银河。天花板本来就不高，她站起来触手可及。在阁楼里，连呼吸的声音都清晰可听。

可有时候，她还是会感觉到铺天盖地的难受。一旦静下来，她不再眺望，眼神迷离，想起过去的事情。这种绝望就像是化开的墨水般越来越大，弥漫了她整个世界。这时，她会把布置在天花板上的饰品都拉下来，破坏自己整理好的一切。

她始终没有认错，母亲也始终没有让她出来。

苏宁告诉她，刚刚那个小男生给她打电话了。这次是苏宁接的，那男生说，他晋级得很顺利，比赛已经接近尾声了。三水听了，心花怒放，一时开心得跳起来，抓着苏宁的衣服对他说，"我就知道我就知道他行的。"

苏宁无视她这种开心，他也不明白这种开心从何而来。至少为了一个外人不是为了自己，不值得，至少为了这么一个比赛也不值得。他告诉她，"这些事情我都告诉妈了。你还真的甭想她把你从这个鬼地方放出去了。"

苏宁用食指不礼貌地对这个阁楼指指点点，还说，"这里是人住的地方吗！幸好我不像你，这么任性。"

他说完，转身就也头不回地走了。像是永远都不愿意跑上来一般。

三水的心情很好，因为她知道墨染正行驶在这条路上了，并且即使没有了自己的陪伴也走得很顺利。虽然她不能出去，但她尽力把手伸到窗外，大声地喊道，"墨染，你要连同我那份一起加油啊！"她想，墨染在远方肯定能够听到她现在所说所想的，说不定他还回头看了一眼，奇怪地自言自语说，"刚刚不是有人在叫我吗？"

她抱起了白团，第一次亲自给它喂饭。她的这种生活与在监狱里差不多，每天是苏桑给她送饭，吃喝拉撒都在阁楼里，出不去，也进不来。不过，幸好有这只小动物，它水灵灵的眼睛时刻凝视着三水。

白团似乎很爱吃白米，今天吃得非常起劲。三水给它分了多少，它全部都吞了下去，一粒饭都没有留下来。为了奖励它的听话，三水决定亲它一下，给它一个奖励的吻。

四

每天拿着望远镜在窗前眺望外面，眺望远方，看着走在路上的人，街市上的人,还有各种奇怪的事情,是她一天之中最快乐的事情。她想,幸好自己是被关在了阁楼,否则她不会看到这些。思想也不会变得如此宁静,唯有宁静才能致远。她抚摸着自己怀抱中的白团,然后又举起了望远镜继续眺望。

她把所见的东西,都记在了苏桑送给她的笔记本上,所有的一切。

有时候,她连苏桑来了看她都不知道,甚至连饭菜凉了也忘记了吃。

这样的眺望和写作,变成了她新的精神食粮。

但是,这一切却没能维持多久,这种破碎是随着母亲上楼的脚步声一片片裂开的,碎片掉在地上,竟然也委屈地不敢做声。

昨晚,她母亲上来了阁楼。一句话也没有说,她浏览着阁楼的四周,对这样的变化感到惊讶,把阁楼里所有的东西尽收眼底之后,母亲没收了她所有的笔和笔记本,并且叫父亲今日来把没干系的书籍都清走,准备大学英语六级读本和高数。她还特别叮嘱了苏桑,不准随便往这里送东西。在三水的心里,其实是很恨母亲这个做法的。

她这样做,与质押一个犯人毫无区别。而在三水体内的轻狂,并不会被这样的质押所制服。三水不管,她开始闹绝食。连苏桑上来劝她也没有用,她有多么希望,母亲能够把她夺去的一切还给自己。

至少一本书,一支笔,一个笔记本也可以。

但是母亲并没有动摇。

白团是一只有灵性的狗,它不知道从哪里给三水叼来一支笔。这笔不大不小,写在阁楼的墙壁和地上都能看到,于是三水又开始记事。她又重新开始吃饭。母亲以为她没办法了,心里虽然不服,身体上也折服了,她看着那个被苏桑拿下来的空饭碗,说了一句,"很好。"

这个风波总算过去。苏桑盼望苏心淼开学的日子,那就可以让他这个妹妹免受阁楼之苦了。至少,可以恢复自由。可是,他又怎么了解属于三水的自由呢?那种自由是没有任何束缚的,只做自己喜爱的事情,感觉身前能够飘下一片橙黄色的落叶,然后脚轻轻地踏上去,落叶带着她飘过大海，飘过世界的每个角落。这种自由是那么简单，又是那么不可及。

最终，她始终别无所求。

三水想，唯有写作才能让她冷静下来，忘却所担忧的事情，所悲伤的感觉，一切一切。她看着楼下别人的生活，看着那条离她好远的小路，即使用望远镜也看不到那边的路到底是怎样的。她跟自己说，如果有机会，我一定要在那条路上奔跑，看我能跑多远。路到底有多长，是平坦的，还是凹凸的。

至少，这叫做生活吧。

三水在阁楼的墙壁上记载着。不知道是哪天，白团又叼过来一本杂志，就是那本全程报道三水和墨染参加的比赛的杂志，她翻开它，上面没有苏心淼的名字。她颇有一些失落。已经弃权了不是吗？她想到苦笑了一番，然后继续往下看。她看见了墨染的名字和他的文章。三水仔细地阅读着，害怕错过了一字一句，像是屏息似的读完全文才深呼吸了一口气。

"真不愧是墨染写的东西。"她赞叹道。

墨染走到现在，他的成长是兼并三水的，所以三水很有感触。

五

青灰色的夜，天空上还有星星。

星星微弱的光毫不被月亮冷峻的光所掩盖。三水坐在窗前，这些微弱而冰冷的光线敲窗而进，偷偷溜进了她的心里。她手中抱着白团，看着夜空发呆。普通的望远镜是看不见星星的，而且她也不期待看见那星体凹凸不平的残损的表面，她想，很多事情只要远远地观望，看见它最美丽的一面才好。看仔细了，反而因为发觉它的丑陋而远离而悲伤。

眺望的时光，总是如此地安静和孤寂。她已经不会幻想梦想成真的画面，只是祈祷墨染能够走到终点，不像她这样被迫半途而废。

她说过的，只要我们两个其中一个人成功就好。

苏桑偷偷上来看她，他说，"今晚月色很美，没有阴霾。妹，你在阁楼上总是望着窗外，你是不是很渴望外面的世界？"

他坐在三水的隔壁，视线顺着三水的眼神延伸到了窗外。外面黑漆漆的，看不清楚路往哪个地方拐弯，也不知道还有没有人在走。远方的街市已经关了，霓虹灯也不再炫耀自己的美丽，没有灯光的城市变得更加冷寂了。

三水哼起了一首断断续续的歌：

> 在很久很久以前
> 你拥有我 我拥有你
> 在很久很久以前
> 你离开我 去远空翱翔
> 外面的世界很精彩
> 外面的世界很无奈……
>
> 每当夕阳西沉的时候
> 我总是在这里盼望你
> 天空中虽然飘着雨
> 我依然等待你的轨迹……

"到底你在盼望什么呢？三水。"苏桑心里想。

这晚，苏桑偷偷地把三水带下了阁楼，把她拉出了家门，把已经准备好的一切东西塞还给她。她看着哥哥塞在自己怀里的行囊，这些都是自由。她感动地抱着哥哥，紧得密不透风。苏桑对她说，"妹，你走吧。你追逐你所想的事情，然后再回来。我依然会在家里等你回来。

妈妈这边不用怕，天塌下来由我撑着。"

他放了她出去，然后关上了门。

苏宁从房间里走了出来，他瞪大眼睛看着大哥。他刚才从门的缝隙中看见的是苏心淼的身影。苏桑倚在门上大口地喘气，不知道是害怕接下来发生的事情还是因为舍不得妹妹的离开而伤感。苏宁凝望他的眼睛似乎能够把这一切暴露在月色下。

苏宁往大门的方向走了两步。

苏桑用身体抵住门，抓住门柄的手掌青筋凸出。

苏宁说，"这么晚了，哥，我们还是回房间睡觉吧。外面的世界真的很精彩，但是也很无奈，既然出去了，那么我们只好等待。"他握住大哥青筋暴露的手，给他支持的温暖，然后轻松地走回了房间。

苏桑笑了，他似乎能够听见苏宁的心在说话："加油，苏心淼！"

脚步踏在每天眺望的小路上，竟然有一点胆战心惊。三水背着她的行囊，缓慢地走在路上，右手拿着手电筒，照明了前方一小段路。其实她根本不需要照明，白天的眺望已经让她记住了路的深远，哪里拐弯，哪里窄宽，她都一清二楚。她只要留意脚下的石头，便能安全顺利地走过这条路。

直走，拐弯，到第三个路口搭计程车她就可以顺利地去到火车站，然后到北方的城市去看墨染最后的比赛。看着他成功，然后站在领奖台上朝着她大喊："三水，我可以了！"这就是属于三水的执著。

可是，墨染，你会来找我吗？

来到这南方的城市，走在那条小路上抬头仰望阁楼上的窗户，在楼下唤我。

哥哥，你知道吗？原来只要眺望就会有希望。

你给我的自由是那么奢侈，拼命地想令我回到那个阳光、水分都充足的温室中。只要我手中握着我所喜爱的七彩气球，你就不会让仙人掌刺到它们，你甚至愿意那些刺扎在你的身上。即使我无理取闹，你都不顾一切地维护我。

这就是你吧，亲爱的哥哥。

六

母亲让苏桑送午饭的时候，他拿着饭菜上楼，每一步都掷地有声，他的心跟着步伐紧张地跳动着，他害怕母亲会突然心血来潮跟他上阁楼去探望三水。托盘里的汤荡漾着，溢出了碗，渗漏在托盘上面。他也想念着三水，不知道她是否能够顺利地买到火车票到达北方的城市，他压制住自己不要给她打电话，让她无所托，无忧无虑。

母亲说道，"我与你一同送上去吧。送饭送了那么长的日子了，仍旧笨手笨脚的。"

苏桑慌忙地拒绝道，"我来就行。"

母亲的手已经扶在了托盘上，接过了托盘。她微笑着跟苏桑说，"已经关了她好多天，也应该把她放出来了。开学的日子已经到了，怎么样也要让她出来准备一下大学住校的一些日用品什么的，你记得陪她一起去买。"

然后母亲就小心地接过，端着托盘上楼了。苏桑急忙地追上去。但是他终究拦不住母亲，母亲还是闯入了阁楼里。

三水站在门口，像是知道他们的到来一般，心情很好，她开心地说，"妈妈，哥哥，你们怎么都上来了？"

母亲放下了饭，跟她说，"从今晚起，你就可以下楼了。不用待在阁楼里了，希望你真的改掉你的任性，当一个规规矩矩的孩子。"

三水摇头，她说，"不，我还是要住在阁楼上。妈妈，我已经不是孩子了。我有自己的想法，并且会自己尝试实践，你不应该毫不知情地抹杀我的梦。你知道吗，妈妈，我明白你对我的好，只是我不能够接受你的方法。"

母亲听了她的话呆滞了，瞬间脸色惨白，她叹了一口气，什么也没有多说就下楼了。三水看见她的指甲掐在手掌，指甲因为用力而成了白色。应该很生气吧。三水默默地想。待母亲走后,她抓住苏桑的手。

"哥哥，我回来了。"她说。

"我的事情本来就不应该让你来承担。哥哥，我很感动你带我走，我不会怪你那天没有放我下车了。真的，哥哥。"三水对苏桑说，然后抱住了哥哥。白团也乖巧地舔舐苏桑的鞋子，也许是作为一种感谢吧。

日子又趋于平静，苏桑还是每天端饭上来。他会偷偷往白团嘴里塞笔和杂志，让它叼过去给三水。她还一直以为白团有灵性，在哪个角落给她找来她最想要的乱七八糟的东西。其实，苏桑所做的事情，都没有让妹妹知道。亲人之间有一些事情，有一种共同的默契，不用言语。暑假的两个月已经到了末尾，八月初的时候比赛的名次下来了。墨染拿了全国三等奖，已经跟杂志社签好了合同，重金打造。

墨染成功带来的幸福填满了三水的心底，真的如同她所说的，在他们之间真的有一个人成功了。三水总是能在白团叼来的最新一期的杂志中找到墨染的文章，她细心地阅读，并且给墨染写信。

她低头看着白团，哄它说，"乖狗狗，记得帮我把信交到哥哥手中，让信笺飞到墨染的手中。"站在门口的苏桑逗趣地捂住嘴巴笑，他这个可爱的妹妹，永远都长不大的妹妹。他接过白团嘴中的信，上面甚至还有白团的牙印，浅浅的痕迹。

他小心地贴上邮票，把它放入了信封。

信里面说：

亲爱的墨染，成功了记得来找我。就按照我告诉过你的那条小路，在路的尽头找到一间房子，我就在房子上面的阁楼上眺望着你。期待你的到来。

三水打开最新一期杂志，又爱不释手地阅读。

七

八月下旬，是杂志这个月最后一期出版，每月三期，上面没有了墨染的文章，三水郁闷地把杂志扔在一边，然后准备着她的行李。她没有对新的大学生活有太多的期待，因为她的期待就像是没有回音的张望一样，站在家里的信箱前，落空。

九月第二期有墨染写的两千字散文。然后，没有找到其他与墨染有关的信息。

她也开始在大学里忙碌了，学校离家里不远，同一个城市，所以她每个月都会回家住两三天，还是住在阁楼上面。阁楼已经不像是之前住的一样了，有床，有电脑，什么都有。但是，依旧，还是堆放着不用的东西。但是母亲每天会上来打扫，所以灰尘都被赶走了。她始终没有跟母亲达成共识，可是大学的生活已经开始很久了。

十月，她忘记了买杂志。她告诉她的大学同学，她有一个朋友，在这本畅销的杂志上发稿，公司说会重金打造他成为新一代名作家，他的长篇可能就快要出书了，让大家支持。同学都羡慕得不得了，他们都纷纷跟三水约定好，一定要送签名。三水开心地答应了。她的内心还是有一点惆怅的，大家都不知道，她也是爱写作的。

十一月，初冬。三水到校图书馆里找书看，在杂志栏旁找到了这本杂志，她翻阅了目录，一下子心就沉了下来。

十二月，冬至的时候三水回家吃了一顿饭。她回校之前走上了阁楼，把自己写在地上、墙壁上的文字都看了一遍，心里有种窒息的痛楚，她有点想要哭，但是眼眶里却怎样都唤不起眼泪，她很难受，然后回校了。

一月深冬，学校很早就放假了。住在北方的同学都订好了火车票要走。有跟墨染同一个城市的同学，三水让他们给他捎了一封信，内容只是随意写的随笔。但是她不确定这封信是否会送到他的手上。不过，这个结果倒让她感觉到释然，一切已经那么平静。

一月的下旬，接近新年，杂志社刊登了今年最后一期。三水早早就赶到报亭买了。回家后，她无力地躺在在床上，眼睛凝视在那个窗户，它虽然没有了灰尘，可是初冬早上的雾气让它显得朦胧。

她打开了杂志，看了五分钟。

然后她给长期关机的墨染打了一个电话，这次奇迹般地接通了。

"墨染？"

"嗯。苏心淼，我们很久没说话了。"

"我的信你收到了吗？最近是不是很忙，都不理我。"

"收到了。只是一直不知道怎么回信而已。苏心淼，其实到了最后我也没有成功，我不知道怎么跟你讲。一阵热潮过去，大家都忘记我了，读者、编辑……我的文章也不再被采纳。你说，我们俩一定要有一个人成功。可是，梦想那点事儿……"

墨染的话，让两个人都沉入绝望的死寂中。希望在梦想散落的碎片中沉沦，遥远的天边，灰霾遮住了朝阳的上升，阳光跌落在云层上不知所措。墨染，我答应站在阁楼上，眺望你成功地归来，带着我俩的梦想，在凤凰花开的路上幸福大笑。

此时，人生就像是一棵不断缠绕的藤蔓，纠结内心。焚烧过后的是灰烬不是涅槃。

挂了电话，三水望出窗外，双手把刚刚买回来的杂志撕碎，扔下了那条路。

作者简介
FEIYANG

宋南楠，广州人。出生于 1993 年。天蝎座。双重人格的小狐狸，有时阳光有时忧郁，文字也随心情而变化，时而简单明了，时而写什么自己也不知道，最大的梦想是建一栋蓝楼实现狐狸的蓝楼梦，最爱的人是爷爷。狐狸爱写作，狐狸也爱观鸟、爱画画，在悠长悠长的人生里狐狸不会寂寞，只会每天幽默。（获第十一届新概念作文大赛二等奖，第十三届新概念作文大赛二等奖）

如若你年少依旧  ◎文/张迹坤

即使远隔天涯，我们依旧形同未离。

一

三年之后，我再次坐在楚桥的黄昏里，老木桥踪影
全无，沧桑之迹满目皆是。唯独经年里发生的事件一点
一滴尽数流失，形同虚无。桥下之水缓缓，犹若那些年
的无色时光。而老房子大门紧闭，犹若尘封。这是否是
一种岁月的拒绝？

我不是归人，且让这梦回故乡，成为一次偶然的途经。

我知道我将离去。一如那一片金黄丰收的麦田。

二

我在这个镇子出生是一件意外的事情。我的母亲是
一个歌女，从城市而来，跟随父亲背井离乡前已有身孕，
途经楚镇之时遭逢罕见的大雨，楚河翻涌高涨，阻断了
父亲的行程。于是我顺理成章地拥有了两个故乡。而随
后父亲罹难，我变成了半个孤儿。直至十六岁我一直跟
随苏姨生活。凯便是我童年唯一的玩伴。

楚镇的生活在多年后的回忆中依旧生动而鲜活，历

历在目。那是一个黄昏，西天云霞潆热，一群灰色的鸽子扑腾着翅膀飞过田野，响亮地打着鸽哨，那是我第一次见到凯。一个赢弱的黝黑男孩，头发剪得很短，短裤上粘着些许泥巴。而母亲的汽车扬起漫天的灰尘，遮蔽着彼此的对视，在一切重新清晰之后，母亲的车早已不见踪影。凯帮我提着那一个跟他身躯相差无几的背囊，一歪一扭地领我回家，他的眼神时不时瞧向我，碰触到我的目光之后便赧然笑笑。"伤心了……别！"在即将到家路过楚桥的时候，凯终于开口，却因紧张而语无伦次。他这样安慰我。彼时我恰巧满了七岁，而凯，仅只大我半年。

我自小被母亲收拾得文静乖巧，话很少。也许因了我与生俱来的家庭残缺，母亲不爱笑。我记得曾经的日子，我独自面对颤抖的黑夜，窗帘翻飞，黑色无穷无尽。只有窗外响起了轰鸣的雨声，我才能安然入睡。

是夜，苏姨为我铺了新床，我一直缄默不语。近旁凯睡在另一张床上辗转反侧，他的鼻息紊乱，清晰可闻。许久之后，他小心翼翼地问我，"你是怕么？"我依旧没有回答，透过些微的光亮，我看见他关切而动容的神情，那种微带着成熟的忧郁气质让我不禁想念起父亲。那夜确实下起了雨，朦朦胧胧的雨声好像从遥远的地方而来，梦中一直浮现着母亲决绝离去的背影。

多少年后，当一切在记忆中褪去鲜活的颜色，无数场景被洗刷得苍白，犹如一叠静滞的陈旧老照片的时候，我依旧可以在繁杂的往昔中追溯起那些背影，与之牵系的无非是决然，冷冽，回过头时兴许依旧携着的一股淡漠的怨怼。它们已经不动声色地倏忽逃离了我的生活。而母亲日渐模糊的容颜中显然有一个稚幼的影子日渐壮大，仿似拔节的麦苗，在骄阳里挺起粗壮而坚强的脊梁。那是凯。而不是我。是许久之后，我才恍然发觉，凯在无声无息的岁月消逝中不知不觉地替代了我的母亲。仿佛一条湍急的河流，这条河流也许是岁月也许是人情冷暖也许原本就是虚无。彼此仅只依赖着自知的懵懂和年少凭惯性往前，横冲直撞。只是凯庇佑了我所有细微的悲喜，所以他安然泅渡到了母亲的旧址之上，取而代之。凯自觉地替代了母亲的所有，并且不啬于陪伴和关怀，甚或理想与意义！而我，一直唯唯诺诺伴在近旁，日渐与自我渐行渐远。这一切都再与情感无干系……

只有那些不堪的伤痛印迹时刻提醒着我，在时光的洪流中，我们彼此交换位置的成长构成的是一种何等深刻的相欠！

那些只有黑白的起初，让我对一切充满防卫，我不知道什么值得相信。邻人皆认准我是一个无情的孩子，禁止他们的孩子与我接触。我的面色凝结着一种凄楚的怨怼与仇恨，犹似母亲，透过面部表情直白地往外辐射凶狠的敌意。我的眉毛自幼就深浓，一如父亲。父亲，这个生命中一溜狭长影子一般的过客，留予我的除生命精血之外，另有一张苍白陈旧的黑白照片，陌生的父亲双手叉腰站在茂密的油菜花田里，敞开白衬衫胸前的三粒衣扣，笑容爽朗生动。但静看一会儿，那种生动会抽象成一种冷漠与拒绝，或者一种逼迫。在未谋面的父亲跟前我习惯性地只能是节节败退，别无选择，转而寂无声息，全无亲近抑或熟稔。但这竟不曾让我怀疑我们与生俱来的血脉牵系，宛若兀自在黑暗中蔓延的声息更让我有接近和抓住的欲望。

我喜爱关于父亲的描述，从不同的嘴角漫溢的不同的流言蜚语。而杂乱的耳闻最终帮我构建了父亲的形象，我暗自觉得这是一场无与伦比的回归，父亲与我，在思想里重逢了。这种邂逅也带我抵达了父亲的灵魂深处，父亲，他只不过是一个命途多舛而不得志的青年军官，深沉凛冽，喜爱坐在河畔前静默，目光镇定。那之中蕴藏着繁复的人事，让我的母亲穷其一生都未能读懂。

于是在黄昏之时我喜欢坐在楚桥上，也许这亦是一种融合，父亲借此抵达了我的内心。

桥栏是用硕大柏木捆绑而成，坐于之上，我习惯性地用手紧紧抓住栏杆，这只是稍微减退了对于外部世界异常深重的不安全感。甚至一天至晚，我的眉总是微微蹙着。凯却总是尽心跟随在我身后，在我遥望远方的时候，他紧紧拽住我的一个衣角，害怕我突然掉下河中。这种情景让我感动。但我每每总毫不留情地甩开他的手，用恶狠狠的语气训斥他，"滚开！"年幼的凯后退几步，保持着让我平静的距离，脸色因羞赧而绯红，绞扭着手指不知所措地等待着我的归家。

少不更事的我只是急于证明自己的独立，徒手就能抓住什么，譬如我父亲的沉静与从容，那时候我抛弃心中真实所想而言不由衷委实是情有可原。只是凯几番那般被辱，他的神情何其忧郁而失望我不得而知。我听不见他的哽咽，在我背后也许他也曾心酸委屈至落下眼泪。

凯的母亲苏姨是艰辛的女子，凯的父亲抛妻弃子远去他乡，苏姨只独自默默忍受，少年时代我与凯看见的总是一张悲伤与忧郁交叠的脸。好在凯自小就是懂事的孩子，力所能及的事情他总是做得妥帖。兴许是因着我稍殷实的家庭，对于凯而产生的优越感支配着我的高傲放肆膨胀。凯瘦弱老实，待人接物总是小心翼翼，好似对着这个世界抱有无限畏惧与虔诚。这让我鄙视。而又怜悯。过于弱小就只能被强大无情地摁倒在地。

也许那种感情就叫做同病相怜，尽管有些偏激。我努力抑制胸口喷涌的激烈情绪，暗自渴望自己能像父亲一样举重若轻。凯日日陪着我，在镇上的小学念书，他是我的同桌，唯一愿意与我同坐的人。我的锋锐，仿佛愤怒的刺猬，让老师对我看不惯，我宁愿一贯地去违背他们的意愿行事。而凯是老师心中的好学生。对老师的惟命是从，为他们鞍前马后，犹若一个听话的下人，这让我反感至极。我第一次打架是五年级。被虐者是班主任的儿子，我从背后把他踢倒在厕所里，让他发出恐怖的尖叫，直至溜之大吉都未让他看清我的脸。我想这是为凯和我自己出口气。我让这一切无人得知。

偶尔我以静默的姿态矗立在桥头，侧目就见凯专注又飘忽的神情，那里满含内容，我无法解读。我无法看见父亲的影子在他身体内飘动，尽管我如此希冀着他顺利继承我的父亲。可是我无从寻见，多少次，我在凯身上检视，努力想挖掘什么。但最后只有眼泪倏忽滑过眼角，带着我体内几乎是父亲的温度，一落千丈。

三

十六岁过后我依旧时常对凯训斥，在外人的眼中，我们原本应当亲如兄弟。但凯只是跟随在我身后，默默帮我背着书包提着饭盒。

放学的黄昏，路上总是充满悲郁和忧伤。在田野里放牧鸭子的老伯哼唱着悠长的曲调，满含感情，他挥舞着手中的竹枝，摇摆的手臂仿佛是对于虚空的一种鞭笞和控诉。楚镇的黄昏安谧祥和，宛如父亲温情的胸膛。路过楚桥上时，我总支使凯，"你回去，我坐坐再回家。"满头大汗的凯不动声色，犹豫地看着我。然后他慢慢走回去，不时回头观望。最后停在十米开外的地方等待。余曛将他的身影涂抹上柔和的色彩，唯独那张脸我永远也看不清。

在八岁初逢之夜，在喧嚣的夜雨中，我聆听着他的鼻息而睡，我未提的是在凌晨我曾醒来，暗淡的天光尚未照进天窗，我惊惧地以茫然相对黑暗。那张模糊的脸静谧安详，在尺尺之遥，释放着他无谓的声息。我转而便爬上了他的床，掀开被子钻入他年幼的体温中，他未知，我甚至用右手紧紧掐住了他的左手手臂以便证实自身卑微的存在依旧，让他在翌日凌晨发觉了手臂的刺痛和掐痕。但他守口如瓶，没有给予我苛责，甚至一次迷惑的对望。

他的脸，永远是真切的模样，没有浓烈的悲郁，抑或盛大的欢喜。但是正因如此，那种不悲不喜的平淡氤氲至极，在偶尔的追想中再看不清。我想我也许曾经努力追寻过他清晰的容颜。哪怕彼此天涯海角，相隔万里。

我内心的潮涌千真万确。坐在桥栏上，遥远的一切让我生出浓厚的探索欲望。我知道大千世界我仅只偏安一隅，总有一天我将离去。凯在我身后，犹若此时一般稳健地伫立在一尺之遥，让我安心。在关于未来的计划我已然自觉地容纳了他，不知为何，我时常无由来想见父亲落寞的侧影，便心存隐忧，为了孱弱的凯之后的去路。

后来，凯终于得以加入了守候夕阳的行列。他坐在我的左侧，挥舞着手臂激动地呼喊，回声飘荡在广袤的土地上，惊起一群群鸽子翩然飞起，在高大的电线杆上迟迟不下。不知为何我突然问凯，长大后你想去哪里？凯面对着我依旧严肃的神情低头思忖一会儿，偏过头勇敢地回答说，我要去北方！"他说得那般铿锵而坚决，犹如一个势在必得的诺言。我惊诧，并未相问缘由。凯低头良久，幽幽地对我说，"因为那里有成片成片的麦田！"他的眼睛已经满含泪水，仿佛一触就落。让我瞬时心酸起来。

这便是凯，与我相伴日日夜夜的凯。彼此以自身的存在映照各自心底阴暗的角落。那日，我们坐在父亲曾冥思过的河头，如此大胆地交换梦想。凯一瞬间高大起来，眼底凝结的惆怅显然让我动容，让我不忍问其缘由，实则我早得知，他翘首期盼的也是靠近他的父亲的气息。父亲与北方的麦田渊源很深，在凯的意识里，天地所有的麦田都具备着父亲的气息，麦田何尝不等同于一半的父亲。父亲只携自己的一半游走天涯。

凯思忖颇久，终擦擦眼睛，若无其事地大声呼喊。也许那种在他身上并不常见的狂妄与放达深深感染了我，我挥舞着手臂跟随他一同狂呼起来。声音回荡，犹如一片片落叶在风中飞舞；声色豪放，惊起电线杆上的鸽群陡然冲上天空，不约而同地爆发出类似助威的声音，一圈一圈盘旋不去。我闭上眼睛，好像那片麦田已经近在咫尺。让我如此想在眼睛已然濡湿的片刻间将其抓在手中，我们的手中。

十六岁时，我们上了高中。苏姨在镇角的菜市场租了摊位，开始劳累的蔬菜买卖。夜深时，我总是在朦胧的睡梦中听见苏姨房间沉重激烈的咳嗽，凌晨时分三轮自行车远去的声响又将我惊醒。

对于这种醒来后巨大的留白，我习惯性对着黑暗凝视凯日渐消瘦的脸廓，那片不清晰之间，我顿时失却了所有的语言，抑或静默。

楚镇的秋季总是阴雨连绵，在逼近冬季的时令总是阴雨连绵，曾几何时，这些汇聚的雨水，阻断了父亲计划的行程，毫无保留地改变了命运于我的清晰走向。我怨恨大雨，却对于雨水中的静止情有独钟，在豪雨如注的傍晚，我丢弃雨伞，赤脚站在桥头。闭着眼睛，拒绝看这个世界，只剩透心的冰凉。

在雨水中，凯忧伤而手足无措地注视我。雨帘中，他也许也看不清我的脸。分不出何为雨水何为眼泪。

在最后的日子，凯终于拿出了那个讣告一般的信封。在缺席近十年之后，曾抛弃过我的母亲寄来挂号信，让我条件反射地记起她面无表情的脸，还有那些遮住彼此对望的滚滚灰尘。经年累月，它们是已随风落下还是越堆越高越难以跨越？我只是无语，在苏姨一顿感叹之前兀自收拾好信封，把它压在柜子的最底层。其实，这么多年来，母亲蛰居在我记忆的最底层从来不曾被我翻阅，她是如此不具体，本身已然外化成并无意义的称谓，如若不是，她形同烟云的存在于我又存在何种精神内质与抚慰？

是夜，燥热难耐。我辗转在床，爬起来凭窗听雨，幽幽的夜色里，河水泛着微弱的粼光。收获后田野坦荡如砥，趁着夜雨迷蒙延伸至天尽头。阁楼里声息静默，只有微弱的鼠窜窸窸窣窣在隔板里吵闹。我想回过头看一眼凯，但我于心不忍。对于预感到即将上演的离别一幕，凯噤不作声。我的胸口微微发疼，曾几何时，凯已然与我的父亲并肩，那些父亲伫立的位置如今皆停留着凯日臻成熟的侧影。

我知道他依旧未眠。他只是尽力压低了鼻息的声响，努力把自己的无眠归因于夜雨的喧嚣，而躲避着自己内心的骚动。

夜那般深，深过故乡一口陈年老井。直至所有的喧嚣落幕，雨驻风停，只有木楼的檐角滴落的断断续续的水滴声。滴答滴答，恍如一场梦的倒计时。而我的胳膊早已因袒露在外而冰凉不堪，甚至疙瘩都在奋力叫嚣，提醒着我彼刻那般需索的温暖。我毫无预兆地后退，再次钻进了凯的被窝。他无眠，他甚至睁着无眠的双眼，在我踏进他的床的时候，他一如既往地体贴地靠里挪了挪。我在颤抖。

不知从何时起，我忘却了人生中应当拥有的诸多表情，微笑，哭泣，愤怒，仁慈，和善，激亢……我活得如此单一，却永失纯粹。彼刻，我身在颤抖的温暖中，寂静的眼泪顺着鼻梁歪扭而下，他们允许着我与这个世界的对抗，允许着我将这个世界遗忘。那是唯一一次，我不曾竭尽心力用哽咽阻挡和抑制。

凯也一动未动，胜似一堵无力的老墙，被遗弃在时光沧桑的罅隙。颇久，他才转过头，朝着我的背面，因不忍而压抑地轻声询问，"左予，你……" 依旧是良久的停顿，在空荡的房间里没有丝毫回音。我甚至并未期待那些欲言又止的字句，彼刻，用无从言说去诉说兴许才是最恰当的方式。一切都在未知的待续之间，永远也不会终结。

于是我吸起一口沉重的冷气，绝然打断他的诘问。我说，"凯，我不想再提那些。是真的，别再问……"

四

凯一直觉得，人总是徘徊在一条河流之畔，太多无法企及的人事隔河而立，望得见抑或望不见，其实全无紧要。涉过翻滚的河面就可以泅渡抵达，无法逾越就静坐而观，此为知足。亦是难得的大成。而很多人事渐次如河上泛舟，漂忽而过只能当烟云，若是悉数想握在手，就是一种卸不下的负累。

这些，我如今都信了。

我知道母亲将返回，重返十年前的故乡。此地剥夺了她对于幸福所有的观望与遐想，将现实狠狠地抛掷于她，自此，她再也没有歌唱，她甚至快忘记自己曾经以一副空灵美好的嗓子摘下所有人的笑靥与恩宠。而留在我印象中的，亦没有曲调，只残留苍白的陈词。

凌晨我终于醒来，身旁渐冷，凯已不知所踪。我疑虑他为何起得如此之早。再一醒来，凯又陡然在我近旁。我惺忪着眼睛，望着他的面目，茫然相问，"凯，你刚刚去哪儿了？" 凯深深地看了我一眼，迷惑不解。"我何曾离开过？我不是一直睡着么？"他说。

这让我何其诧异。忙转过脸，望向了窗外连绵不绝的雨线，一群鸽子响着低沉的声音扑腾着飞过屋檐，雨水沉重地压在它的翅羽我的喉。

我预想到了什么。整整一天，雨水低迷而下，仿佛带着一种浑厚的回音在我耳畔旋回，让我心神不宁。那种后怕一直挥散不去。在凯远离近旁走出教室之时我总会茫然询问一句，"凯，你做什么去？"而凯总是疑虑重重，望着我回应的时刻，他的眉眼犹若曾经的我一般微微蹙起。而他的面容，就算是相对着一尺之距，我依旧望不清，望不清那些浓黑的眉，那些泾渭分明的脉络，那些欢喜悲哀的情感在眉头的褶皱里悄然蛰伏……

然而整整一天相安无事。归家途中，我不禁松下一口气。侧举着伞，仰起头承接一些细碎的雨线。冬季正在循序渐进，一股寒凉扑面而来。但是彼此缄默，凯如往常一般走在我的背后。在快到家，路过那座曾经无数次停留的木桥时，我驻足，一如曾经无数次的突然和毫不犹豫。桥下河水翻滚，泥黄色的波涛几乎拍打着桥身，微微摇晃。木桥果然已经年岁已高，岁月风尘与滚滚流淌的河水于它来说都是摧残，践踏与腐蚀也逼迫她的颓败无处可逃。

"回家吧！"凯轻声说。

"就让我再坐一会儿，哪怕一小会儿？"我喃喃地说。于是我往前迈开一步。

就是这样我与桥同时坠下，兴许这亦形同一次回归。生于斯归于斯，又何尝不是一种悲悯？我闭着眼，在桥身坍塌的一瞬，我几乎察觉到身体的细微变化，轻盈，柔软，犹若充满了一股温凉的气体。而凯的尖叫是对我唯一的阻挡。

置身在水的彼刻，我很不解为何我渐失了所有的感官，一切都在慢速滑动。然而我知道我在溺水，水聚集在我的周身，盲目地冲击，意欲将我肢解一般，那种力不是向外而是向内，一种挤压的肢解。如同置身在温暖的羊水，我在徜徉之间得以返回母胎，再次化为一颗坚硬的种子。但这已如一次我无法再接受的重生。

凯的手触及到我的时候，我感到另一种暖。在他几乎哭泣的叫喊声中，我觉知到了他的挣扎。滚滚的洪水一如一面无法阻挡的墙颓败地倒下来。大木桥顷刻间已如飞灰湮灭一般，桥墩都已不见。我们浮浮沉沉，在洪水之前，终究是无能为力的。我终于意识到了恐惧的来临。因为凯的面色已经苍白不堪，只有紧抓着我臂膀的手如同钢钎未曾松懈。我忘记原本我们都不熟水性。

四处是静的。静的这般干脆。宛若一切未曾发生。僵立在颓败的河岸，泪眼婆娑使我望不见水中任何情景。苏姨亦早已泣不成声，前来帮忙的乡亲们驾着铁皮船，一遍一遍徒劳地洒着网。一无所获。我难以忘记，凯将我推近那颗栗子树时强劲的力道，在他有生之年，我还从未见识他这般强悍。而凯，为什么我依旧未能看清你的脸，你轮廓分明的脸，你的眉眼，你的神情……

凯，你是否已然进入黑暗又无出路的水府？

夜色在蔓延，苏姨却默默转身走了。我跟上前，本想自责，却想见这般总是徒劳，便又作罢。苏姨泪如雨下，喃喃自语道，"他命中凶水，这是上天注定的一遭，凯啊……"

我说："苏姨，您别这么说，是我的错，全都是我的错。"

我返至河滩，沿着下游而去，踩在烂泥滩中，意欲搜寻凯尚存一息的躯体。一片颓丧，倒塌的堤坝，杂乱的水草，大水冲的鲫鱼遍地皆是。唯独不见一具身体。

这遭遇来得过于突然。我瘫倒在那株救我性命的栗子树前，什么都忘却。

五

我停留在市立医院长达两周。在一种无意识的昏睡中，我竟已远离了从小生长的故乡，楚镇。当我再次睁开眼睛，强烈的天光灼疼我的双目，宛若在午睡后倏忽睁开的望向阳光的眼。而四周是一片干净的白。短暂的视觉模糊之后，母亲出现在我的视野，不需任何思量抑或回想。她的脸色肃穆，微带着一种红润。盘起来的头发令她依旧保持着矜持与高贵。

这是阔别十年的母亲！从遥远的地方回归，却回归至更为疏远的地方。

但她却欣慰地笑了。用手抚摸我的双眼，这是我曾熟稔的手势。幼时若是轻易落下泪来，她便会呵斥我，紧接着便伸手过来，抹过我的双眼，带走所有的泪水。而今，时过境迁，我已然在人生的立场之中与她对立。彼此无法再走进抑或理解彼此。

我闭上眼，艰难地扭过头躲闪了她试图显示的关心。

就是这般陌生。在玫瑰园小区十八层精致的套房里，宽大的沙发，落地窗外望得见人流汹涌的繁华街景。她的车停在地下车场，在那一片黑暗中时我紧闭着眼，臆想在某一时刻，凯曾静默着坐在我的身旁。我心酸不已。我正在被陌生的母亲领回家，可是真正的家却在一点一滴的丢失和抛弃中。是夜，我坐在自己宽敞明亮的房间里，床头立着母亲新买的立式台灯。那一抹晕黄，渐渐模糊，犹若一颗不可及的星辰。我啪啦一声关掉。抽了人生第一根烟。

一种辛辣。

我只在恍惚的回忆中与凯相见。是幼时的情景，一幕一幕历历在目犹似昨日。睡梦都让我抽噎和颤抖。母亲不知何时进来，我睁开眼睛，看见她耐心地扫着地面上的烟蒂和凌乱的纸屑。对视着我，她已无言语，只是她的眼神那么深，那么深。

翌日清晨，我毅然收拾了衣物，决绝意欲离去。她被响动惊醒，穿着睡衣出来阻挠。"你这是要干什么？"她费劲地拉扯。"我要回家！"我坚定地看着她的眼睛。"这儿就是你的家，你还要回哪儿去？"她感到失落，松开我的手，双手拍着我的肩膀试图平复我的激动。"左予，你听妈妈说，妈妈知道这十几年妈妈对不起你，可是妈妈一直在努力想要给你最好的生活，现在妈妈做到了……""不是！"我打断她自以为是的慷慨陈词，摇着头拒绝。眼泪不由自主地落下来，"你不是我的妈妈。"

"为什么我会有一个这样的妈妈？"我大声诘问，她茫然地落下泪来。

"凯他死了。这是因为你么？是的。都是因为你。"我亦开始抽泣。她试图上前拥抱我，把我的头拉进她的胸口。我挣扎着拒绝。"你放开我，别碰我。"我说。"左予，听话，来，到妈妈这儿来。"她不依不饶。

我放下行李，颓丧地蹲在地上，她无措地站在一旁，无法靠近我。

"你怎么会知道凯不在了？苏姨怎么生活？我要回家。"

"左予。我已经给了苏姨一大笔钱，那些已经足够她过舒服的半辈子，你放心。"

我的心已经永远也放不下了。但是你依旧永远也不可能懂……

一个月后，我竟收到了一封信。信封陈旧，兴许辗转长途而至。那一刻，我欣喜若狂，熟悉的字迹，左字那额外长的一撇让我几乎是撕扯着掏出那封信。果不其然，是凯。

是凯！

那是一个黄昏，在自家的阳台上。我久久伫立，犹若曾经在楚桥上那般呐喊，让声音远去，一点一点，直至消失得无影无踪。在十八楼，地下来往着细小人群，小区的花园里的喷泉旁，大理石地板上的一大群鸽子突然扑腾飞起来，打着类似于楚镇的响亮鸽哨，那一刻如此熟悉，让我热泪盈眶。信笺里的字字句句，我读了一遍一遍，没有丝毫懈怠。却依旧不能释手。

那日，凯被翻滚的河浪卷着一直跌至下游，冲在浅滩上时被人发现，急救而得回一条性命。

现今，他已康复，一切安好。只是在信尾，凯却这样留言：

　　左予，若你在城市一切顺利，就不必再返回楚镇了。

　　即使天涯，我们依旧形同未离。只望你安好，再见了。

　　也许是凯已然不想再见我。

　　我将那封信重又整理好，收藏在书本夹缝里，堆叠在书桌上，再不敢翻阅。

　　在高中，我开始新的生活。恍然间，所有年岁时的恶习都已不再。我的周身总是聚集着那么多的人，再无孤单之说。我很偶然地发觉，自己与此前的凯那般相似，无人时便面无表情，遇到谁都会笑容以对，在混沌的空间里保持一种自矜与镇定。我才明白，这般圆滑和柔软，实则只是一种惧怕，因为自身的某些缺失而极力保持的一种自知。

　　凯曾经是。我也是。因为过度的不缺失实则已是缺失……

　　只可惜这些我如此晚才懂。而年少时代已恍如一梦。看着自己愈发健硕的体态，漫出来的胡茬，日渐臻于成熟的面容……我怀想的是凯如今的模样。我怀念涉世不深的曾经，一切透着一种云淡风轻的纯粹，仿佛所有的爱恨触手可及。没有什么能够长久，除却爱。

六

　　我一直维持着心底最后一丝愧疚，它引导出畏惧，让我在那么漫长的日夜里始终没有提笔的勇气，那些语句过于沉重，压得我透不过气来。同样，我害怕它们无意识地刺痛凯。

　　2000 年 6 月，骄阳似火。结束了高考，我迫不及待地踏上了回乡的旅程。这是最后的故乡，业已成为我魂牵梦系的望乡。整整六个小时的列车，我的心早已飞回了楚镇，那个窄窄的扁扁的小镇，犹若一艘满载灯火的乌篷船，在我的梦中摇荡着。我预想了所有与凯重逢的场景。胸口的兜里塞着那封花费我三年时间完成的信笺。那些字句，我知道凯在时光的最后，会懂。

然而，时过境迁。再次踏上故土，早已物是人非。那些幼时排斥我的同龄人大多已是挺拔的青年，一些女孩背着背上哭闹的婴孩用疑虑重重的目光检视我。在她们淡漠的眼神中，存在着被世俗同化的悲哀，骄傲的未自知的悲哀。那座圆木捆绑而成的楚桥也早已不复存在，伫立于坚硬的水泥栅栏桥前，那片河水已不具备兴风作浪的力量，在桥下，规矩地涓涓流淌，貌似一种不得不接受的耻辱，颓丧地去完成一种世俗的屈服。我兀自感叹时光造就的变迁，我们终于长大，各自投奔了茫茫宿命。

而凯，如今你是何模样？

所有的门窗都是关闭的。这座楚河之畔的老旧楼房，散发着一股难抵的沧桑，让我直面之时双目如盲。

我问遍了所有的人，当得知我是幼时那一个凯的同伴时他们不约而同地用强烈的语气拒绝我的诘问，我已意识到，那种拒绝是一种谴责，是我逃不掉的罪孽。

暮色深浓时，我不愿离去。我想，此时凯在北方做什么。是否他已经找到那片充满了父亲气息的麦田，他会不会坐在麦田中央轻快地哼起歌来，或者依旧那般呼喊，惊起一群群的鸽子飞起，飞远？

我泪流满面，手中握着那封信笺，它突然间就沉重无比，让我再也无法携带着它前行。

凯在河滩的遇险中，撞在了水坝底的护河石上……

他保留了所有的真相。

是夜我疲惫不堪。在奔驰而归的列车上，车窗外尽是漫天雨雾，挥挥洒洒如帘如幕，貌似遮蔽着世间所有潜在的悲喜。我在飞速行驶的列车上，与我的故乡渐行渐远。那一刻，这种道别仿似显得意义非凡。

我突然间平静下来。仰头靠在车座上，看见一道光流呼啸而去。

就那样侵入一个无名的梦境中。我返回了年少的模样，楚河的圆木一颗一颗堆叠起来为我拼接着一道崭新的楚桥，于之上看得见远方。

日月晨昏，涉过蔓延的河滩，老房子于此安之若素。一个健硕的青年，脸庞周正，面色安谧，微笑着从世间深处而来，淡化了人生百态、人间沧桑抑或冷暖。只有眼睛再无光泽，犹若两盏熄灭的明灯，曾经，它们在我颤抖的日日夜夜直射进我的内心，如今他们连光都毫无保留地献给了我。

这是我第一次看清他的脸。彻底而毫无保留地……

我把胸口的信笺慢慢取出，近在咫尺之间，我把信笺递过去。他眼睛无光，是否依旧能够准确解读：

我是如此希望，此生，来生，我们是不散的兄弟……

作者简介
FEIYANG

　　张迹坤，秋天生的狮子座男生。性格里有着一半沉静与聒噪的混合体，另一半未知。很多时候感慨此去经年里的繁盛记忆，一个印记，一种昭示，却什么也留不下。总无由来地对身边的人事恼怒，容易对生活失去一部分热情。（获第十一届新概念作文大赛二等奖，第十三届新概念作文大赛二等奖）